燕园四记

# 燕園讀人

## 北大人心灵探寻

王曙光 著

北京大学出版社
PEKING UNIVERSITY PRESS

**图书在版编目（CIP）数据**

燕园读人：北大人心灵探寻 / 王曙光著. — 北京：北京大学出版社，2017.3
（燕园四记）
ISBN 978-7-301-27807-9

Ⅰ.①燕… Ⅱ.①王… Ⅲ.①随笔-作品集-中国-当代 Ⅳ.①I267.1

中国版本图书馆CIP数据核字(2016)第308172号

| | |
|---|---|
| **书　　名** | 燕园读人：北大人心灵探寻<br>Yanyuan Duren |
| **著作责任者** | 王曙光　著 |
| **责任编辑** | 于铁红　周彬 |
| **标准书号** | ISBN 978-7-301-27807-9 |
| **出版发行** | 北京大学出版社 |
| **地　　址** | 北京市海淀区成府路205号　100871 |
| **网　　址** | http://www.pup.cn　新浪微博：@北京大学出版社 @培文图书 |
| **电子信箱** | pkupw@qq.com |
| **电　　话** | 邮购部 62752015　发行部 62750672　编辑部 62750883 |
| **印刷者** | 三河市国新印装有限公司 |
| **经销者** | 新华书店 |
| | 787毫米×1092毫米　32开本　6.75印张　120千字 |
| | 2017年3月第1版　2017年3月第1次印刷 |
| **定　　价** | 45.00元 |

未经许可，不得以任何方式复制或抄袭本书之部分或全部内容。
**版权所有，侵权必究**
举报电话：010-62752024　电子信箱：fd@pup.pku.edu.cn
图书如有印装质量问题，请与出版部联系，电话：010-62756370

# 小　引

　　燕园的湖光塔影固然令人心仪,然而支撑这个园子的精神、成就这个园子的气质的,却是呼吸奔走于其中的人。二十多年来,我以殊胜之因缘,有幸叩访我们周围那些最为优美、最为高贵和卓越的心灵,亲近这个时代最为独特、最为璀璨和灵动的生命,亲聆謦欬,受益良多。不是每个人都有这样的幸运。能从游于这些大师级的前辈,时时得熏染、得引领、得滋养,这是燕园给我的特殊的恩赐。当年先生一杯清清的绿茶、一句平淡的开示,犹如涓涓泉流,润泽年轻人的心灵,使他的生命一天天丰盈、壮大而开阔。这本小册子,是一次次温暖聆听的记录,深愿更年轻的一代可以从这些对吉光片羽的记录中,触摸这个园子的气象与味道。

东莱舒旷
乙未中秋于善渊堂

# 目录

仰不愧于天,俯不怍于人 / 001
　　——为祝贺陈岱孙先生九五华诞而作

得天下英才而教育之 / 015
　　——为陈岱孙先生逝世两周年而作

我的心是一面镜子 / 021
　　——访北京大学著名学者季羡林先生

盛唐气象,少年精神 / 027
　　——北京大学著名诗人和学者林庚先生小记

星斗其文,赤子其人 / 032
　　——访北京大学中文系教授、著名学者钱理群先生

诗人之死:论诗歌与生存 / 043
　　——为北大杰出诗人海子逝世十周年而作

扶柩高歌的圣徒 / 054
　　——纪念北大杰出诗人戈麦逝世两周年

诗情与冷眼 / 069

——访中国社会科学院文学研究所著名学者赵园

戴上枷锁的笑 / 079

——访著名当代文学史家吴福辉先生

生命忧患与反抗绝望 / 090

——访北京大学中文系教授、著名学者温儒敏先生

推翻历史三千载 / 098

——记北京大学著名考古学家邹衡先生

精神明亮的人 / 112

——赵靖先生的生平与学术

回望苍茫岁月 / 139

——记北京大学著名经济学家陈振汉先生

遥远的绝响 / 167

——怀念北京大学著名经济地理学家陆卓明先生

石品清奇师恩长 / 184

——怀念北京大学著名经济思想史家石世奇先生

谦尊而光 / 199

——怀念北京大学经济学院胡代光教授

# 仰不愧于天，俯不怍于人

## ——为祝贺陈岱孙先生九五华诞而作

燕南园可能是北大最幽静的一个园子。高大的树木遮掩了阳光，即使在艳阳高照的时刻这里也是清爽宜人；长满青苔的石径在园里蜿蜒着，有一段时间，于岑寂的黄昏，或百鸟啼鸣的早晨，我时常在这些小径上流连，偶尔地，可以看到一个高大的身影，迈着缓慢而稳健的步伐散步，手杖在小径上磕出笃笃的声响。后来我才知道，这位老者，就是著名的经济学家陈岱孙先生。

"予未得为'先生'徒也，予私淑诸人也"，在我，只能抱着深深的遗憾。然而与先生见面的机会仍是有的。今年春天，为了纪念北京大学经济学院建院十周年（1985年由北大经济系改为北大经济学院），我们去拜访陈岱孙先生。那是五月,二月兰与迎春花开得满院都是。后来听说陈岱老身体不适,在北大医院休养,其间,认真审阅了我的采访文章《崧高维岳,骏极于天——访陈岱孙先生》。那八个字,是从《诗经·大雅》上摘下来的,用在德高望重,在经济学界、教育界享有崇高声誉的陈岱孙先生身上,我想是不为过的。

陈岱孙先生是本世纪的同龄人。1900年10月20日(农历闰八月二十七日),陈岱孙先生出生在福建闽侯一个书香门第,用陈岱老的话说,"就是一个中落的旧官僚家庭"。陈岱老的祖父,曾中进士,供职于翰林院,散馆之后回乡,就聘于福州鳌峰书院任山长之职终其身。就在父祖辈"克绍家风"的期待之下,虽然清末废科举、立学校断绝了"正途出身"的道路,但陈岱孙的幼年和少年教育,却仍延续着传统的模式,自六岁至十五岁,整整在私塾读了九年半线装书。尽管不求甚解,但少年时代所接受的系统的经、史、诗、文等方面传统文化的浸染,却不能不说对他日后的学术事业有所裨益。1912年祖父的去世,宣告了这个封建家族传统教育模式的终结,陈岱孙的读书生活发生了重大变化。1915年秋他考入福州鹤龄英华中学,1918年夏赴上海考取了清华学堂高等科的三年级插班生,1920年夏毕业后被录取为公费留美生,赴美深造。他先入威斯康星州立大学经济系，1922年6月从该校毕业，于同年秋进入哈佛大学研究院，1924年6月被授予文学硕士学位，1926年获哈佛大学哲学博士学位。可以说，自1915年到1926年的11年，陈岱孙又系统地接受了西方文化的熏陶。这种"中西合璧"式的教育，带着时代特有的烙印，是清代末年以来我国教育变革与发展的独特现象，而陈岱老所受的教育，正是这场变革的一个具体而微的生动的缩影。

1926年4月陈岱孙赴欧洲大陆游学，主要在巴黎大学旁听金融方面的课程，同年年底离开巴黎回国。归国后，陈岱孙先生历任清华大学经济系教授、法学院院长，西南联合大学经济系教授，中央财政经济学院第一副院长，1952年至今，任北京大学经济系（1985年改为经济学院）教授，其间任系主任之职达三十年。

陈岱孙先生的一生，可以分为几个大的时期。自1906年初入私塾到1926年获哈佛大学哲学博士学位为第一时期，亦即求学时期；自1926年底归国到1949年，中间经历清华时代、联大时代，而以抗战八年为主线，此为第二个时期，也是陈岱孙先生一生中最为精彩、最为活跃的时期；1949年到1978年近三十年时间，形势复杂多变，其间可以说是喜忧参半，其中1959年到1978年近二十年，是陈岱老沉默的二十年，此为第三阶段；1979年后为第四阶段，是陈岱孙先生重新焕发学术青春的时期，其间著作逾百万字。从历史的角度而言，陈岱孙先生的一生，跨越了整个二十世纪，亲身经历了中国近现代史上一个空前剧烈震荡、风云变幻而又同时充满希望与活力、多姿多彩的时代。光明与黑暗、愚昧与理性、真理与荒谬、进步与反动，一幕幕地在中国大地上演出，呈现出异常纷繁炫目、光怪陆离的画面。先生在其百年历程中的丰富阅历，就是一部活的中华民族的近现代史。

记得1992年访北大著名学者、东方学系教授季羡林时，老先生曾充满感慨地说："中国的知识分子是世界上最爱国的。"陈岱孙先生就应是其中卓越的代表之一。抛开他的学术与教育成就不谈，我认为，陈岱孙先生首先是一个正直的、清醒的、坚定的、在任何形势下都不会变更其原则立场的热烈的爱国者，爱国主义的情操是其人生与学术的支柱与归宿。1926年获得哈佛大学哲学博士学位后及游学欧洲期间，以其令人称羡的学历和才华，陈岱老足以在欧美找到一份收入不菲的职业，然而他还是毅然归国，义无反顾。五十年后，当对记者再次谈起此事时，陈岱老拒绝使用"选择"这个词。他说，他从来没想过留在美国或去欧洲，不存在选择的问题。从决定出国到拿下博士学位,他只有一个信念:学成之后报效祖国。正是由于祖国的经济文化水平不如欧美发达国家,才出去学习,学成不归,又出去干什么!(见《中国当代经济学家传略》,经济日报社出版)在出国风潮再次汹涌澎湃、许多人不惜代价越洋镀金的今天,这种"逻辑"显得多么遥远而又陌生。可是在二十世纪初叶中国积贫积弱的惨苦现实下,这是怀有各种"救国论"的青年自然而然的逻辑,而非故作高尚之论。1982年在《往事偶记》(《陈岱孙文集》(以下简称《文集》)下卷,北京大学出版社,原载《中国当代社会科学家》第一辑,北京文献出版社,1982.5)一文中,陈岱老回忆了1918年夏赴沪投考清华学堂期间,在黄浦江畔公园门前撞见"华人与狗不得入内"牌子的真实情景:"对于这横逆和凌辱,我当时是毫无思想准备的,因为关于这类牌子的存在我是不知道。我陡然地止步了,瞪着这牌子,只觉得似乎全身的血都涌向头部……我们的民族遭受这样的凌辱创伤,对于一个青年来说,是个铭心刻骨的打击。"十八岁的陈岱孙此次的觉悟与震惊,奠定了他此后一生事业的基调。

抗日战争前后的十几年时间,既是陈岱孙先生生活最为动荡、颠沛的时期,也是思想最为活跃、写作最为密集的时期,所以我认为这是陈岱老一生中最值得大书特书的精彩的段落。在《文集》上卷,收有1934—1947年散见于《益世报》《独立评论》《大公报》《今日评论》等报刊上的文章凡39篇。在这些篇什中,陈岱孙以一位财政经济专家特有的犀利眼光,针对当时中国时局及经济中的种种现象,指陈时弊,慷慨进言,尤其是抗战期间发表的文章,思虑深切,笔锋劲健,对战时经济建设多有筹谋,对当局的腐败政策多有批评,殷殷爱国之情溢于字里行间。发表于1936年的《我们的经济运命》(原载《大公报》1936.1.5)一文,针对当时中国将沦为殖民地的危急时局以及国民党当局对外"求恳乞怜"的政策,掷地有声地指出:"我们要知道我们经济运命的决定,是我们神圣的责任和天然的权利。是责任,我们不能任意推诿;是权利,我们不能任意放弃……推诿责任,便是不忠;放弃权利,便是不智。"而对于帝国主义的经济侵略,陈岱孙亦有所觉察,并告诫当局者说:"为抵抗经济侵略,我们必须负起责任,把我们的经济运命,看得和我们政治运命一样的重,我们绝对不能放弃支配我们经济运命的主权。"最后,陈先生郑重指出:"自立性质的经济,是我们民族国家本身的经济,是独立的,是为着我们民族国家而存在的。"此篇堪称陈岱老始终一贯的经济纲领。此后在《经济建设》《经济侵略》《抗战时的经济政策》《战时经济建设的几个原则》《计划后方经济建设方针拟议》等文中,他痛斥日本侵略者对中国的军事入侵和经济掠夺,抨击国民党政府在"经济建设"的口号下"百废俱兴,一事无成"的现状,并对战时后方经济建设的原则及策略有着详密的筹划与建议。这个时期的陈岱孙先生,不是以一个学院派纯理论经济学家的面目出现,而是一个在国难当头之际、民族存亡绝续之时热切关注现实、积极出谋划策的爱国学者。应该特别提出的是陈岱老的两篇文章:《所得遗承二税的举办与人民的负担》(1936.5.17)和《时评一束之二:推行兵役》(1939)。在前文中,陈岱孙直截了当地指出国民党政府的税制是"专事压迫小百姓的税制",提出遗产税、所得税"应以增加巨商大富负担为正当目标",指出:"我们所认为这两种税收主要的对象,在今日的中国是一个特殊的阶级。特殊阶级的地位行动是超于法治范围之外,军政达官贵人不必说了,古有'刑不上大夫'的遗言,现在'税不上大夫'的习惯也许就是前者意义的引伸。"在后文中,陈岱孙旗帜鲜明地反对"纳金免役",指出:"如果这办法果然普遍施行,丰厚人家的子弟自然是可以依法免役,而'国民义务''卫国天职'的担子将仍由贫苦青年荷负。"在这两文中,陈岱孙基于中下层贫苦人民的立场,将抨击的矛头直接投向上层当权者。"特殊阶级"之谓,是不说自明的。

《文集》下卷最早的文章发表于1959年,第二篇文章发表于1978年,其间有着二十年引人注目的空白。整整二十年,陈岱老一直保持着缄默,没有发表一篇论文,没有进行过一次学术演讲。就个人而言,讲假话是对自己人格的背叛。在当时那种众所周知的政治环境与学术氛围下,真话不能讲,违心的假话又不愿讲,于是沉默,就成了无可奈何,同时也是最理性、最明智的选择。由陈岱老,我想起北大其他两位老寿星,那就是马寅初先生与冯友兰先生,在北大,三人都可算是声名显赫的人物,比较三者在建国后历次政治运动中的戏剧性的际遇,颇有耐人寻味之处。马寅初先生历来是直言敢谏的人物,快人快语,热心刚肠,在时代的潮流中,他始终是一个叱咤风云的涛头上的勇者。在五六十年代铺天盖地的对于其《新人口论》的批判中,马老不顾老迈,"单枪匹马出来应战",表现了一个知识分子的学术尊严与铮铮铁骨。"不唯上,不唯书,不唯风,只唯实",已成为流传宇内的至理名言。我总觉得马老有一种孔子所说的"知其不可而为之"的勇猛与悲壮。

这是我国知识分子中的一类典型。而冯友兰先生可能是学术界遭际最为复杂的一个,坎坷颠簸,跌宕浮沉,一言一行为世人(包括当政者)所瞩目,而这种"瞩目",又反过来加重了他的遭际的纷繁与艰难。有人评论冯先生的政治人格不符合儒家品德,又有人替冯先生解释,谓学术与人格之分乃自培根(F. Bacon)始的近现代世界性常见现象,海德格尔服务于纳粹,便是突出的一例,因而也就不足为怪云。(《悼念冯友兰先生》,李泽厚文,载《冯友兰先生纪念文集》,北京大学出版社,1993)其实这种说法与其说是善意的开脱,不如说是对于冯先生的更大的曲解。且不说冯先生的际遇与海德格尔完全不能相提并论,尤其需要指出的是,冯先生此前二十年来一贯勉力于自我改造,诚心诚意地接受批判,以"阐旧邦以辅新命"自勉,而况其时他的境遇,已是特殊到"中国一人"的地步,除了顺应"时势"之外,似乎别无选择了。陈岱孙先生却走了与马先生、冯先生都截然不同的一条路。他既不言辞激烈地对于时局进行反抗与抨击,亦不轻易地抛弃自己的原则与人格信仰,他顺其自然,不卑不亢,以沉默来作一种更加有力的价值判断,沉默本身也就是一种反抗,一种否定,一种保留,一种蔑视,这是一种不凡的人格力量。《孟子·滕文公下》云："居天下之广居。立天下之正位。行天下之大道。得志，与民由之；不得志，独行其道。富贵不能淫，贫贱不能移，威武不能屈，此之谓大丈夫。"五十年代末到七十年代末，正是陈岱孙先生压抑、缄默、"独行其道"的二十年。这两句话还有另一种说法，即"穷则独善其身，达则兼善天下"，在那种局势下，能做到"独善其身"，洁身自好，是何等不易，没有亲历那场运动的人，恐怕是难以想象的。不随波逐流，不唯上是瞻，不依傍他人而靠自己的头脑思考，这是陈岱孙先生的可贵处。但本人在此并无褒此贬彼的想法，我们不能够苛求古人，以今责古。正如冯宗璞（冯友兰先生之女，著名作家）所说："需要提出'诚'，需要提倡说真话，这是我们这个时代的大悲哀。"（《三松堂断忆》，载《铁箫人语》，春风文艺出版社，1994.7）今春，同陈岱老谈及此间事，先生只是微笑不语，半响才说："不光我一个人如此。"在这旷达淡泊近乎冷漠的态度背后，我们可以咀嚼到一个民族深刻的悲哀，我们也应该把这看作整个国家的劫难，而不必责全于一人一事了。我们应该以历史的态度对待历史。

但是不要将陈岱老的沉默看成是"明哲保身"，先生一贯的作风并非如此。举三例为证：

其一，1945年，国民党当局一面放出和谈烟幕，一面进攻解放区，全面内战一触即发。陈岱老以国事为重，不顾个人安危，与西南联大的张奚若、钱端升、闻一多、朱自清等十人联名发表《十教授的公开信》，坚决要求停止内战，并希望即将召开的政协会议成功。

其二，几年内战，使国家经济几乎濒于崩溃，而国民党政府却于1947年抛出所谓《经济改革方案》。陈岱老当即与清华、北大两校的十五位教授联名发表反对文章《我们对于"经济改革方案"之意见》，一针见血地指出，所谓改革方案，"对于目前经济危机，并无救治之力"。

其三，新中国成立初期，人口剧增。陈岱老敏锐地看到当时国内关于人口问题的理论研究是一个薄弱环节，于是在1957年的全国政协会议上，与陈达、吴景超等共同提出一项提案，呼吁在中科院成立人口问题研究中心，在高等院校设立人口学课程或专业。这个建议可以说是高瞻远瞩，又富有胆略。（同年3月，马寅初亦向一届人大四次会议提交正式提案，这就是同年7月5日发表于《人民日报》的《新人口论》。英雄所见略同，这真是历史的巧合。）

通过以上三例，如果把陈岱老二十年的沉默说成是"明哲保身"，那既是不负责任的说法，也不符合历史客观事实。

陈岱孙先生的一生，壮年时正值抗战以及内战，丧失了构建理论体系的大好时光；解放后多年的政治气氛又使他再一次与理论创造的机缘擦肩而过，等到再次焕发学术青春的时候，先生已届耄耋之年。孔子曾说："述而不作，信而好古"（《论语·述而》），但他自己却实在是"以述为作"的。对于陈岱老亦应作如此观。1979年专著《从古典学派到马克思》的发表，引起学术界的广泛关注与赞誉，该著以其博大精深的体系构造、高屋建瓴的崭新视角、透彻精辟的解析论述，而成为中国当代"外国经济思想史"研究的经典作品，也充分体现了陈岱孙先生严谨的为学作风、深厚的学术素养与精湛的理论水平。"经世济民"是陈岱老常说的一句话，强调经济学是致用之学，是他的一贯思想，这一观点在《经济科学研究要为四个现代化服务》（1979）、《理论联系实际与经济科学的发展》（1981.9）、《经济学是致用之学》（1981.11.2）等文中多有发挥。在如何看待西方经济学，如何看待经济学中数学的应用，如何解决理论经济与应用经济、实证经济与规范经济这几对矛盾问题上，陈岱老都有精彩独到的见解，在此不一一叙述了。

陈岱孙先生毕生的精力都倾注到中国的教育事业上，从清华园到西南联大，从中央财经学院到北大燕园，在近七十年的粉笔生涯中,他勤恳地耕耘,桃李遍地,润泽久远,堪称中国现代最具成就、誉满中外的教育家之一。"诸葛一生唯谨慎,吕端大事不糊涂",用在岱老身上,是最恰切的评语。先生一向谦逊平和,关心社会,以国事为重,关心别人,以他人为重,淡泊功利,胸襟开阔,有大家风范。平素后辈索字,先生喜题两句话:"学而不厌""学然后知不足,教然后知困",从中可窥见先生精神之一斑。他一生未婚,无子女,一生都在忘我工作,孜孜不倦,不计得失,提携后人,不遗余力,九五高龄,仍带着博士研究生。

今春那次叙谈,席间有人问岱老:"您的人生信条是什么?"先生答道:"老实。"他一生都在实践着这两个字。老实,从人生上讲,就是诚笃忠厚,谦虚谨慎,从学术上讲,就是实事求是,坚持原则,不人云亦云,"修辞立其诚",维护学术的独立与尊严。在《陈岱孙文集》编者前言中,有一段对于陈岱老的权威而中肯的评价:"……就作者本人的政治观点和理论观念来说,固然有一个随着时代发展而不断进步和发展的过程,但是原则性的反复和曲折是不曾存在的。这是一种科学品格。在中国社会和思想界近百年来经历着惊涛骇浪的背景下,能具有这种品格是非常难能可贵的。"

陈岱孙先生一生为人清高，高标自持，不随流俗，这种在任何情势下不苟且、不敷衍的品质，正显示着一种生命的尊严，一种洞察世事的大智慧，一种高贵超脱的生存状态。这是从近百年的人生沧桑与忧患中获得的感悟。在任何时代，都会有一些人格上卓绝的罕见的知识者，他们的识见与操守，他们的清醒与高贵，为士林维系着一丝元气。"仰不愧于天，俯不怍于人"，陈岱孙先生作为一种人格的象征，已经超出了他单纯作为学者的价值与意义。

一九九五年夏

# 得天下英才而教育之

## ——为陈岱孙先生逝世两周年而作

　　陈岱孙先生是我国老一辈著名经济学家、教育家，经济学界一代宗师。自1927年哈佛归来，岱老先后在清华、西南联大、北大执教七十载，沾溉无数学人，可谓桃李满天下。岱老学识渊深，才华盖世，却又淡泊名利，洁身自爱，操守坚贞，堪称师表。我恐怕连岱老的"私淑弟子"也算不上，但有幸生活在大师身边，"虽不能至，心向往之"，对岱老的道德文章总是心怀感佩。

　　我第一次拜访岱老是在1995年5月，彼时燕园正是春树如云的阳春时节。岱老的寓所在燕南园静谧幽深的一角，绿竹掩映，野花飘香，很有情调。岱老那天很开心，他仍是习惯性地坐在靠门的旧沙发上，以悠远和缓的声音与这些小他七十岁的晚辈娓娓而谈。聊到年轻时围猎追击野猪的逸事,岱老笑意陶然,竟有孩童般夸耀的神气,身上自有一种活泼纯真的气象,让我不禁想起"大人者,不失其赤子之心"这句话来。席间有人问到岱老的"养生秘笈",岱老一笑,说道:"顺其自然而已。"他说他从没有什么秘不示人的健身之法,甚至不相信气功。在他的小院子里,他用手杖指着满地疯长的二月兰,风趣地说:"这东西可以吃的。"我至今珍藏着那天与岱老的合影,在我们的身后,盛开着一片金黄的连翘。事后,我写了一篇小文,题目引用《诗经》上的一句话"崧高维岳,骏极于天",以表达我对他的敬意。送他审阅时,他正暂住校医院,读后自谦地笑道:"过誉了,过誉了。"

岱老身材伟岸,衣着质朴无华,平素寡言,神色矜持庄重而闲雅,策杖徐行燕南园中,一派名士风度。可惜吾生也晚,未能一睹岱老讲坛上挥洒自如的神韵,只好凭借前辈们吉光片羽式的回忆来想象一番。他经常讲"为师者"要使求学者"长学识,长智慧,长道义",这三条岱老以身作则,当之无愧。岱老常在书的扉页上用一方闲章,上刻细篆"慎思明辨,强学力行"。这八个字,他也是当之无愧的。岱老 29 岁即担任清华大学法学院院长,又在北京大学经济系执掌系务达30年,处事缜密迅捷,富有行政才能,金岳霖先生在回忆录里叹服岱老是"能办事的知识分子"。抗战事毕,岱老主持清华复校诸事,居功甚伟。岱老的守时是出了名的。我们毕业的时候,岱老已是95高龄。我前一天与他商定,邀他翌日出席我们的毕业合影。没想到等我去燕南园接他的时候,他已扶杖端坐在图书馆前的长椅上。他是那样高贵又是那样质朴的一个人。

1995年的初夏,北京大学为岱老举行盛大的祝寿会。岱老那天身穿玄色中山装,显得格外凝重庄严。当岱老缓步进入报告厅时,全场起立鼓掌,掌声久久不息,几代学子用这种无言的方式表达他们对一位一生无欲无求尽瘁教育的老师的由衷敬意。岱老为这次祝寿会而作的即席演讲,是我平生所听到的最为感人肺腑的讲话之一,至今难忘。岱老说:

> 我首先要对同志们的厚谊隆情表示由衷的感谢,同时,我又感到不安和惭愧,因为同大家对我的期望和鼓励相比,我所做的工作实在太少了。时光流逝,一晃大半个世纪过去了。在过去这几十年中,我只做了一件事,就是一直在学校教书。

> 几十年来，我有一个深刻的感受，就是看到一年年毕业同学走上工作岗位，为国家社会服务，做出成绩，感到无限的欣慰，体会到古人所说的"得天下英才而教育之，一乐也"的情趣。

岱老演讲毕，向台下郑重地鞠了一躬，台下又是经久不息的起立鼓掌，此情此景，令人眼湿。

两年前的盛夏，岱老终于走完了近一个世纪的漫长人生。他一生淡泊，孤独，将全部的精力贯注到教书育人之中；对他而言，教书不仅是安身立命的职业，更是他全部生命的诠解方式，这种诠解迹近一种宗教式的虔诚和投入。"千古文章未尽才"，与70年治学执教生涯相比，岱老并非著作等身，将近20年的学术沉默，既是他个人的遗憾，也是一代知识分子命运与节操的缩影。正如岱老一位后辈所写的："他的生命因孤独而见深邃，因坚韧而见力度，因博爱而见宽广。"岱老对后代的深刻影响，与其说是学术上的，毋宁说更是人格上的，他卓尔不群的人格魅力将作为一种传说被流传下去。

他去世后，我曾连夜撰写挽联，献给这位我所尊崇的师长（收于《陈岱孙纪念文集》，福建人民出版社，1998年版）：

学为儒范,行堪士表,仰一代宗师,道德文章泽后续;

质如松柏,襟同云水,数九秩春秋,经世济民慰平生。

而今两年过去,我也选择了执教鞭的职业,岱老的为师风范,是我私心所向往和仰慕的。偶到燕南园那个熟悉的院落散步,总要立在岱老高大的铜像边,徘徊许久不想离去。那尊像,孤独,神秘,高贵,而又令人感到温暖,超脱,大气,使人忘却尘想。

一九九九年九月

附:瞻燕南园陈岱孙先生旧居并纪念先生逝世十周年

二零零七年十月五日

矫矫堂前树,萧萧宅后竹。
幸得燕南园,有此盘桓处。

庐主虽已逝，风节存千古。
浊世独翩翩，清高远尘俗。
夙志在育英，凝神无旁骛。
平生唯淡泊，冷眼蔑名禄。
静观知行藏，从容应外物。
乱世贵操守，坚贞老梅树。
廿年甘沉默，傲与时流殊。
松柏凛岁寒，形寂道不孤。
俯仰无愧怍，磊落葆清誉。
所幸暮年时，国运履正途。
老骥犹奋励，皓首频新著。
尽瘁燃蜡炬，何畏传薪苦。
念公去十载，岱岳巍然矗。
道德文章在，光焰且永驻。
泽被后学者，珍重好读书。

# 我的心是一面镜子

## ——访北京大学著名学者季羡林先生

在北大朗润园里穿行,弥满心胸的是氤氲的槐花的余香;然而,步过静静的未名湖,走进红湖北岸那简朴的公寓,我们却禁不住沉醉于一片书香之中——昏暗的书房里,是名副其实的书的海洋,走廊里,书架上,甚至床铺边,过眼之处无不是书。正当我们唏嘘赞叹的时候,先生笑着打趣道:"摆得多,不见得就看得多呀。"

极普通的灰旧的中山装,极普通的黑色的软底布鞋,我们所见的季先生,似乎永远是这身简朴得不能再简朴的装束。作为国际上精通吐火罗语、巴利语、梵语的少数学者之一,作为中国著名的印度佛教研究者、翻译家和比较文化领域的大师,作为中国散文界著名的散文家,季羡林先生在海内外有着极高的学术声望,但是他为人的朴厚无华,确是令人惊叹的。室内光线很暗,此时更有一种清幽的感觉,先生安详而沉静地坐在那里,若有所思。我在许多刊物上看到过先生这种低头沉思的照片,目光深邃而恬静,犹如一种对于时光的悠远和感伤的品味。

我们的话题不知为何聊到知识分子问题,季先生对此似乎感慨良多:"中国的知识分子是世界上最好的。我在很多场合下这样讲过。这不是我一人之私言,而是有历史和现实的事实作根据的。论待遇之低,中国的知识分子恐怕是世界上数一数二的。因为生活条件、科研条件的落后,中国的知识分子对于牢骚的嗜好恐怕也是世界上数一数二的。发些牢骚,讲点怪话,这是人之常情,中国知识分子的可贵之处在于发了牢骚之后,他还是勤勤恳恳地研究,踏踏实实做学问,刻苦自励,不计荣辱,不顾得失。所以看中国的知识分子,不要光听他们的牢骚,而是要看他们的行动。"

季先生低下头,习惯性地在左手掌心上画着字:"自古以来,中国的知识分子就以坚忍、勤苦而著称,有极重的理想主义色彩和牺牲精神。可是现在,这种精神似乎少了,淡了。年轻人受社会思潮的影响,动辄谈利。我觉得言不及利固然不好,但是言必称利也不见得妙。年轻人应该有更高的追求,更大的抱负。人是应当有一种精神的,没有这点精神,人岂不同动物一样?"

说起目前的教育现状,先生沉重的语气里充满期许,又充满了忧虑:"我们的教育事业有着断层的危险。我们这批老家伙必然一个个退下来,目前的中年教师,到21世纪也要步入老年之列;而新一批优秀的教育人才接不上来,年轻人视教书、做学问为畏途,形成后继乏人的局面。没有教育,我们的中国不会强盛,这是有前车之鉴的!所以我希望能有一批有志气、有抱负的青年,有这样一批敢于并乐于牺牲的'傻子',静下心来,决心坐冷板凳,走一条充满艰苦却功德无量的学术之路。坐冷板凳,没有毅力不行,没有精神不行,没有一股'傻劲'不行。"

"现在北大庆祝九五华诞,大家谈北大的传统,不外乎'民主''科学'四个字,但是追其根源,它的背后是爱国主义。这种爱国主义不是个人一时的冲动,而是一种群体的、有着悠久历史的一脉相承的传统。"从东汉的太学生到本世纪初的五四运动,文史兼具、学识渊博的季先生娓娓道来,如数家珍。"我希望同学们不只是空谈爱国主义,而要有实际行动,要敢于牺牲一点个人利益,为了民族的未来……"

先生不说话了,两手托腮,陷入他常有的沉思之中,这让我猛地想起奥古斯特·罗丹的雕塑《思想者》。"我这个人其实很钝,绝不能算先知先觉,也不至于不知不觉,我是后知后觉,学而知之。"先生同我们聊起一生的经历——贫寒的童年,清华求学,十年留德生涯,以及1946年回国后所经历的风风雨雨。正如先生在《八十述怀》里所说的:"走过阳关大道,也走过独木小桥;路旁有深山大泽,也有平坡宜人;有杏花春雨,也有塞北秋风;有山重水复,也有柳暗花明;有迷途知返,也有绝处逢生。"然而在谈到这些经历的时候,先生的语调却是异常的平淡,异常的恬静,仿佛那些艰难,那些坎坷,那些可歌可哭的岁月,都已化作轻烟,不留痕迹,使他在八十高龄仍身心愉悦,乐观豁达。

我曾经读过季羡林先生写的一篇短文《我的心是一面镜子》。由年近九旬的老人说出这句话来,其意味是异常沉重的。作为一个毕生研究语言文化而又饱经沧桑的老人,他的漫长人生确实犹如一面折射人世沉浮的镜子。在这面镜子里,上演过光荣与梦想,也上演过疯狂与愚昧。虽然画面诡谲多变,却始终未能泯灭一颗沉静正直的心灵。这颗心灵始终以巨大的坚韧和隐忍的态度,一次次地经受痛苦与迷茫的煎熬,俯瞰着生命中的沉浮荣辱。

季先生家住未名湖北边的一个小湖边，那里翠竹掩映，树木遮天蔽日，曲径通幽，极有野趣。几乎每天，季先生都要带着他心爱的猫，在湖边散步。夏天的时候，红湖北岸的荷花是燕园最为茂盛的，据说这些荷花是季先生栽种的，开始是不经意为之，不料来年荷花却疯狂地蔓延，一发而不可收拾。著名文史学家和散文家张中行先生在一篇关于季先生的文章中称之为"季荷"。从此事可以看出季生风雅自在的一面。

冯友兰先生有一句诗："甘作前薪燃后薪"，季先生也颇有诲人不倦的精神，对于年轻的学子，总是倍加爱护。有一则关于季先生的传说流传甚广。某年开学之日，新生云集，一新生欲至别处寻人，无奈行李无人看管。正此时，见路边有一老人面容慈祥，就委托"老大爷"代为照看一时。老人欣然应允，认真看管近一个时辰。次日开学典礼之时，该生猛然见"老大爷"赫然端坐主席台正中，乃北大副校长季羡林也。季先生朴厚至此。还有一个我亲历的故事。大约在1993年秋天，学生会邀请季先生在办公楼礼堂演讲。季先生依以往的一贯作风，提前到达会场，可是等到开会时间，扩音器仍然未准备好，学生会诸同学极为尴尬，频频向季先生道歉。季先生反安慰道"不急，不急"，一边坐在主席台耐心等候,一边为一些跑上主席台的学子签名留念。我在台下,看着季先生不急不躁安详悠然的样子,感叹一个大师平实、宽宏的忍耐力与长者风范。

访谈的时间是短暂的,在季羡林先生简朴的书房中,你似乎总会感觉到一种特殊的氛围,一种非同寻常的气象弥漫其中,它沉着而不轻狂,坚定而不浮躁,雍容廓大,从容镇静,那是一种对于自我生命存在的自信,是一种经历了尘世沧桑之后对于这个世界的宽容。我们似乎被这光芒和气象所掩,真有如坐春风之感。临别,在门口一丛红艳的月季前合影的时候,先生提醒我们说:"这花多好,一定要把它一块儿照上。"我们猛然悟得这位须眉皤然的老人,有着一颗天真的赤子之心。

一九九三年六月

# 盛唐气象,少年精神
## ——北京大学著名诗人和学者林庚先生小记

燕南园是我最钟爱的所在,草木葳蕤,松柏交映,浸润着一种幽深雅致的韵味,偶尔踟蹰其间,颇有出世之慨。在漫步之中,常看到一位老者在静静地莳弄他的凌乱然而却生机蓬勃的小花园,意态悠然,神情清朗,令人神往。我本来并不知道这就是四十年代就已声名大噪的著名诗人和学者林庚先生。我以前读过先生的《布衣李白》和关于诗人屈原的著作,被他飘逸浪漫的文笔深深感染过。我也曾拜读过先生别具一格的新格律诗歌,觉得颇不同凡响。更读过先生笔力雄健的皇皇巨著《中国文学史》。所以对他并不感觉陌生,可谓神交已久。那次我与先生的偶遇,真像是神明的安排。

我们的第一次谈话是在他的院子里。我竟然准确地认出这位正在收拾他的草木的老人。我似乎在一本书上见过他清癯超然的样子。对于我这个莽撞而陌生的"稚子后生",先生似乎并不以我的冒昧为忤,两个人就这样立着,乘兴而聊,海阔天空,不着边际。先生谈锋甚健,兴之所至,手在挥舞,眼睛放光,脸上的肌肉也在颤动。这位三十年代便活跃于诗坛的健将,经历半个多世纪的变故沧桑,诗情似乎并未随之销蚀,年近九旬,他的清峻、洒脱、率真的气质仍旧保存得这样完好,不能不说是一个奇迹。先生以诗人的眼光观照中国诗歌研究,以切身的诗歌体验切入学术,往往见微知著,慧眼独具。对于唐诗,他拈出"盛唐气象,少年精神"八个字,将唐诗的神采风韵描摹尽致,在学界广为传播。先生于魏晋文学亦有精深的探讨,认为那是一个礼教崩坏、思想解放的时代,对中国的民族精神有着深远的影响。先生涵泳于唐诗之中,沾染了唐人激越青春的朝气,而浸淫于六朝文章,则又熏陶出一种魏晋人的风度,《世说新语》中载王羲之赞叹林公(支遁,字道林)"器朗神俊",先生之谓也。

又一个雨后的清晨,气息清爽,燕南园内一派明媚。地上松软的泥土的香味,青草灌木的香味,浴过雨的松柏的香味，一齐涌进鼻孔，胸襟为之一畅。先生的客厅朴素而略显阴暗，气味宁静而略带孤寂之感。与先生谈诗，本身就是一种诗境，两人虽相隔一个甲子，可似乎并不存在什么语言的代沟，相反，诗使我们意外而神奇地默契。先生青年时代以旧诗起家，吟咏颇丰，但后来却感到旧体诗词束缚手脚，难脱古人窠臼，遂改弦易辙投入新诗创作。1933年至1936年，风华正茂的他先后出版了《夜》《春野与窗》《北平情歌》《冬眠曲及其他》等诗集，震动了一时的文坛。在新诗的艺术形式上，他进行了长达半个世纪艰辛而孤独的探索，对新格律诗的创作规律多有灼见。他一方面致力于把握现代生活语言中全新的节奏，因为它正是构成新诗行的物质基础；另一方面则追溯中国民族诗行的物质基础、中国民族诗歌形式发展的历史经验和历史规律。从楚辞到唐诗的诗歌历程加深了他对新格律诗的探索的自信。他说，形式的存在是一种便利而不是束缚，更不是自由得不耐烦了故意要找个桎梏。但形式既是一种工具手段，在还没有充分掌握自如之前也可能成为一时的束缚。这好比初次穿上冰鞋在冰上行走，它可能还不如不穿冰鞋走得更痛快些，甚至还不免跌跤。可是在跌过几次跤之后，待到运用娴熟，游刃有余，得到的却是更大的痛快，更大的自由与解放。中国的五七言诗从班固的"质木无文"的《咏史》诗,到建安诗人将成熟的五七言推上诗坛宝座,再到唐代五七言诗的全面繁荣,经历了几百年艰辛的历程,才把这种民族形式浇灌得玲珑剔透,得心应手。席间,他即兴吟诵旧诗词,甚至大段背出他几十年前作的新诗,其热情与记忆力令人惊叹。只有对诗歌怀着母性的热爱与宗教般热忱的人才会有这样持久的激情,才会蕴藏着这样自然而然随时流露的充溢身心的诗意。

吾生也晚,无缘亲见林先生在讲台上的风采,不过从前辈的吉光片羽式的描述中,可窥见一二。今年五月访北大校友、中国现代文学馆副馆长吴福辉先生时,他还追忆起当年(1980)林先生授课的盛况,陶醉于聆听他"在讲坛上忘情地长吟诗词,看他一黑板一黑板的漂亮板书",言下不胜怀恋之意。中国社会科学院文学研究所著名学者赵园老师在一篇关于北大的文字中写道:"有一次,和同伴们一起,见到林庚先生打不远处大步走过,外衣被风吹开,觉得很飘逸,目送着,议论了好一阵子。"(《独语·闲话北大之二》)实在令人心向往之。

夜深,灯下诌成一首不顾平仄的诗,呈林先生:

纵谈竟日论时文,
耄耋未改赤子真。
诗宗盛唐新气象,
心追魏晋旧风神。
凤翥龙蟠真名士,
霞舒云卷堪逸人。
不见挥毫尘烟落,
掩卷遥想王右军。

一九九七年六月

附:呈林庚先生联

魏晋风度,云水襟怀
盛唐气象,少年精神

# 星斗其文,赤子其人

## ——访北京大学中文系教授、著名学者钱理群先生

> 愿北大永远是中国知识分子心目中的精神圣地,为中国的未来发展提供新思维、新学术与新的想象力及创造力!
>
> ——钱理群

有人说,钱理群是北大一处不可缺少的景观,其重要性也许不逊于未名湖博雅塔。他没有未名湖的柔媚细腻,甚至有点粗豪,纵论世事,臧否人物,慷慨激昂,粪土当年万户侯;他也没有博雅塔的雄武庄严,他身材粗短,头奇大,先知一样智慧的秃顶,听他嬉笑怒骂,呵佛骂祖,看他陷在沙发里手舞足蹈,旁若无人,没有谁能在他奔涌

的激情面前无动于衷。他就是用这激情温暖、感动和指引着他的同道者和仰慕者。

我不希望这个近乎戏谑的开场白给读者带来任何错觉。表面的爽朗粗犷掩盖不住他内心思虑的沉潜、关怀的深切，掩盖不住他内心深处的悲凉。我从他眼睛里读出这两个令人并不十分愉快的字。这种悲凉，不是对于个人身世的低回浅唱，也不单是出于对世态炎凉的透彻体察，而是一种更加宽广的历史感，一种站在终极立场上的人文关切。在他的精神世界中，如果极端地说，完全没有时下青年豪俊的潇洒轻松，而是浸泡着一种异常艰涩的情绪。这种情绪，出于苦难，也同样出于使命，他非常自觉地将苦难与使命担负在并不浑厚的肩上，并以此为荣。

我并不惊诧于他对十八年"贵州"生涯的轻描淡写，在他的追忆之中，甚至有些并非有意渲染的令人怀恋的东西。在贵州安顺这个西南边陲小镇上，他轻易地交付了他全部的青春岁月。事后，他对自己的流放竟至生出些"幸灾乐祸"的心情，在万马齐喑、思想钳制的社会低潮时期，这个边远小镇仿佛一个世外桃源，一个心灵的特殊的庇护所，使得他能够以相对公正、自由、开阔的心态，开始他的精神漫游，开始他真正意义上的学术苦旅。钱理群称贵州是他的"精神基地",这一块基地所给予他的丰厚的馈赠足以支撑他以后学术与心灵的漫长追索。从这个意义上说,贵州不单是他的第二故乡,更是他的精神家园,弥足珍贵的友情、社会基层的生活历练、思想的成长丰满,都是他追念不已的滋养他灵魂的源泉。贵州真正成了他魂牵梦绕的地方,即使在韩国讲学的时候,他竟也几番梦回,可见他对贵州的依恋与怀念已深入骨髓。

在守望者与漂泊者之间,钱理群选择了后者,这个选择注定了他的精神流浪汉气质。但他并不轻视甚至有些崇拜守望者的存在价值,与漂泊者以个人姿态横空出世不同,守望者以群体的面貌出现,默默无闻,以生存为唯一目标,但是一个民族的根基在守望者,伟力在守望者,希望在守望者,整个社会赖于守望者的支撑。钱理群与贵州的长期不断的精神联系,从某种意义上来说,就是漂泊者与守望者之间的心灵交流与沟通。这种沟通不单是为了印证,更是为了信念与灵感的汲取,为了安慰与充实的收获。几十年的患难之交,成为一条坚韧的情感纽带,连接着钱理群和他贵州的精神兄弟,使他们虽然相隔久远,仍旧神秘地默契,无须过多的铺垫。

对于一个现实关怀异常强烈而自觉的学者而言,抛弃自我生命体验而以所谓纯粹客观的眼光切入学术研究,几乎是不可能的。正是在这种意义上,钱理群将自己的主体投入戏称是学术正统以外的"野路子"。他从不标榜自己的学术纯洁性,也从不讳言自我的生命形态在他的研究对象中的渗透和表现。他执拗于他的实践,从对象中,他更多地发现并发掘着自己,庄周梦蝶,不辨你我,陶醉在研究者与被研究者的精神契合之中,陶醉在主体与客体的心灵交融之中,陶醉在物与我的相互印证、阐释、解脱之中。在他的研究对象身上,更多地折射出他本人的精神气质,他的心灵路程。他在研究客体面前,似乎不像是一个严谨、清醒、客观、超脱的解剖者,而更像是一个切身参与者,与他们同哭同歌,同享追求与彷徨,快意与伤痛。这也许与钱理群激情过剩有关。他不蔑视纯粹客观的描述,只是他的气质与禀赋不允许他完全"超然物外"。他常对来客发挥他的学术三部曲:他的研究初衷,一曰"还债",二曰"圆梦",三曰"结缘"。作为历史苦难与历史巨变的介入者、感受者与见证人,他觉得有责任对这个民族的命运进行理论的反思,这是他欠的"使命"之债,他要把整整一个时代的精神发展的宿命加以揭示与诠解。从这个角度看他的鲁迅研究与毛泽东研究,的确带有一点自我清理的意味。

而学术研究的过程也正是他不断圆梦的过程，通过他的学术历程，使少年时代的梦想得以实现，他有一种收获的快感。他又特别欣赏佛教中的"结缘"，而他的学术思考，更是一个与历史上许多杰出的心灵对话的过程，在跨越时空与世界级大师进行的心灵沟通之中，达到自我心灵的拓展与解脱。尽管他明知"还债"之类的说法不够现代，以另外一种眼光来看，不免带有"自作多情"之嫌，但他却因此而获得一种实实在在的精神的自我调节。这个学术三部曲，处处张扬着他的个性，使他从一般意义上的纯学者的角色定位中解脱游离出来，还自己以思想者的面目，在学术生命中深深烙下自己心灵的印记。

　　钱理群说自己颇有"青年崇拜"的倾向，在他那本小书《人之患》里，他用孟老夫子的话自嘲曰"好为人师"，他的同窗赵园则说他有一种"传道的激情"。他讲课的"卖力"是燕园师林中罕见的，在讲坛上，他纵横挥洒，挥汗如雨，真正到了忘我投入的境界。请允许我引用邵燕君在《是真名士自风流》中的一段传神的描述："那不是讲课，而是呕心沥血的倾诉与歌唱，只有一个人对学问抱着母性的爱恋和宗教般的狂热，才能有那种神圣感，才能有那种深沉——深刻而沉重的感情。"他对青年的热爱与期许源于鲁迅传承给他的"中间物意识"。"中间物意识"的体验过程毕竟是一个艰难而尴尬的反思过程,在这个反思中,他对于自我价值与自我局限的深刻而清醒的评估,融进了一种近于悲壮的使命感与历史眼光,使得他能以异常平静的心态,面对自己的历史定位,而将更深沉更远大的希冀寄予青年。在与青年的不懈对话中,他更新着他的观念,激发着他的灵感,因而对话本身也就成了一种互相激荡与汲取的过程。这让我想到1941年潘光旦先生代清华大学梅贻琦校长起草的《大学一解》中的一段精辟的论述:"学校犹水也,师生犹鱼也,其行动犹游泳也。大鱼前导,小鱼尾随,是从游也,从游既久,其濡染观摩之效,自不求而至,不为而成。"自然,与老钱对话的青年,自己首先得有一定的思想积淀,外人盛传,假若访客的谈吐气象引不起老钱的兴趣,他便会打瞌睡。他的许多观点是从聊天中碰撞出火花的,有时也机智而不露声色地从年轻人那里"偷"得一些新鲜武器。

钱理群大约秉承了吴越之地的士风,所以很有些放旷不羁的趣味,高谈阔论,无所顾忌。他的浙籍同乡、曾为饮中八仙之一的贺知章,"性放旷,善谈笑……晚年尤加纵诞,无复规检,自号四明狂客"(《旧唐书》)。流风所及,吴越之士也多放恣,为所谓正统文人所不齿。"为人但有真性情"，钱理群于这豪放之外，还有一点近于天真的堂·吉诃德气，这也就是古人所说的"大人者不失其赤子之心"。在《痛悼同代人的"死"》一文中，他说，"我们的青少年时代是生活在封闭的，却又充满信仰、理想、浪漫精神的，制造'乌托邦'的时代"，而这样一个时代，往往"执迷于一种幻觉——一个绝对的、纯粹的、真善美的理想境界，不惜为之付出一切代价"。他不厌其烦屡次描述的贵州精神兄弟尚沸，便是这种理想主义的典型。尚沸总是"沉迷在一种宗教般的感情中，以至旁观者都不忍心告诉他，那不过是幻觉；但很快他自己就会清醒过来，幻想破灭了……但不久，他又会制造出一个新的'美'，又开始新的迷恋，新的破灭，新的痛苦……这就是尚沸；他永远是'幻美'的俘虏，认真、率真、真诚，甚至到了天真的地步"。这分明也是钱理群的自画像，尽管他远比尚沸清醒，远比尚沸更能摆脱童话语境设下的甜蜜的网络。赵园曾说钱理群"童心未泯"，这倒不是说他玉洁冰清，不谙世故，而是说他虽然深通世故，自己却不沾世故气。这才是做人的极致。在钱理群的"真性情"中，最本质的恐怕还是他的唐·吉诃德式的圣徒性格，那是对自己终极道德信仰的执着坚守，对庸俗时风与人类天性缺陷的拒斥，这是一种更为深刻也更为难得的回归。唯其难得,所以才更显得弥足珍贵。

但是残酷的现实却往往将蒙在理想主义者脸上的脆弱面纱撕得粉碎,逼使他们直面人生,直面历史,直面自己痛苦的灵魂,逼迫他们一次次进入"精神的炼狱",反思命运,反思整个时代。钱理群因此也一改他的谑笑,满脸庄严地宣告:"这个世纪总要留下一些敢于正视惨淡人生的真的哀痛者与幸福者。"哈姆雷特的果敢的怀疑精神和反思意识在进入中国五六十年代的知识分子的内心之前,是经过一番强烈的内心搏斗的。但即使是那些曾有过反叛精神的思想者,"当他们得到了某种信念之后,就宣布找到了最后的归宿,就将其绝对化、凝固化以至宗教化,当他们因此而停止了自己的独立精神探索时,自身就已经发生了异化"(《精神界战士的大悲剧》)。钱理群为这"精神死亡"而悲哀,而伤痛,而羞愧,而恐怖,他的反思的勇气也因此被再一次激发,肩负着向旧阵营"反戈一击"的使命,向着一种更为顽固更危险的社会意识挑战。在一片得意扬扬的喧闹声中,他显得那么孤单无助,念天地之悠悠,荷戟独彷徨。

在访问北京大学师从于已逝著名学者王瑶先生的四位中年学者温儒敏、赵园、吴福辉、钱理群的半年中间,我对于现代文学研究的第三代学者的价值取向、学术观念与历史定位，有了渐次深入的认识，并最终获得了某种整体意义上的形而上的把握。钱理群是第三代学者中的优秀代表之一。他本身就是一个不朽的文学典型。5月30日夜，访钱理群归来，在日记中，我写了如下一段话，献给他，也献给那一代所有真诚的学者与思想者：

> 第三代是一群背着十字架的祈祷者，是一面虔诚地维护、一面却激愤地声讨的一代人，是双重生活信条所束缚的一代人。没有哪一代人曾有过那么多的触目惊心的冲突和骚动，他们的漂泊者的宿命已经被注定，他们所目睹亲历的历史的沧桑以及这些沧桑在他们心灵上镌刻的印记，比任何一代都更深刻，更丰富，更彻底。他们是中国知识分子在典型的历史时代呈现的典型形态，他们绝不同于他们的前辈，尽管他们确曾从前代那里继承了一部分优秀的基因；他们更无法辨认他们与新的一代的相通之处，他们之间的距离比距上一代人的更远，分裂也更鲜明。他们已经回归不到前代去，同时也注定了与未来的隔阂，他们是真正意义上的中间物，丢弃了所有的精神家

园,在怀疑主义与理想主义之间徘徊,在顺应同化与挣扎抗争之间作殊死的抉择。他们的可贵的批判意识与怀疑精神将毫无保留地传达给新的一代,在那里培植出新的土壤和健康的种子。他们当中,有一批精神界的悲壮的灵魂,他们的清醒,他们的英雄气质,只是加重了他们的痛苦,加重了他们对于中间状态的不安和焦虑。而他们的地位绝不仅限于此。他们是新春里最初的苞芽,是雷雨过后预示晴朗的第一道虹彩,是黑夜与曙光交接处瞬间的闪亮。他们身上所凝结的时代的悲喜剧,永远是这个民族知识分子精神史上最可宝贵的部分,他们的恒久的价值,将作为不可替代的标本,留待后世去论说。

一九九七年六月

附:七律呈钱理群先生

千载谁唱幽州台,

自古英雄事堪哀。
沽酒拔剑伤寂寞，
荷戟赋诗独徘徊。
天地茫茫一过客，
众生芸芸几同怀。
装点俗尘作道场，
何如放鹤归去来。

# 诗人之死：论诗歌与生存

## ——为北大杰出诗人海子逝世十周年而作

我近日在北大办公楼礼堂看了海子的诗剧《太阳》。我想起这位杰出的诗人，曾经震动当时的诗坛，他的英年早逝，为中国当代诗歌史立了一个深沉感伤的墓碑。海子是北大引为骄傲的，但他的死亡也给予我们更多的迷惘和反省。

在海子逝世10周年的时候，我观照我们的诗歌理念，追怀那些纯真而悲凉的灵魂们。我曾把诗人比拟为"扶着自己的灵柩高歌的圣徒"，那些英年早逝的真正的诗歌英雄，那些我们这个时代最纯粹最聪慧最敏感的心灵，他们以自己生命中的所有悲剧去拥抱诗歌，来安慰众生，安慰活的人。他们不适宜于尘世的爱情、幸福与安宁,对于人类的热爱和疏远使得他们的诗歌里既充满着温情、泪水与渴望,同时又潜伏着那么多触目惊心的暴力、丧失、鲜血与死亡。

但是诗歌从来不应成为生命存在的终极意义,它只是我们在生命的苦痛与欢愉的自然节奏里所吐露出的吟唱;我们吟唱,是因为我们生存,而不是相反。诗歌使我们微带醉意地在这尘世中栖居,它传颂的应该是明澈而丰满的诗意、生存的骄傲感和命运本身的庄严与神秘。

——作者题记

谈论诗歌的价值与意义犹如探讨酒的价值与意义一样,它们在本质上都是处于卑琐而庸常的生存包围之中的人类所创造的一种短暂的陶醉。诗歌从来就是一种奢侈品,由生命里和人类中的许多粮食的菁华所凝聚,而那些酿造酒的匠人,是仅仅用语言的命名力量就掌握了宇宙、洞察了生命的神秘并塑造自己的终极价值的人物。他们微带醉意地生活,那些在生命轨迹里发生的诸多真实的往事并不增添他们对于尘世的怀恋,它们只是一些行将消逝的酵母,诗歌是它们最终的萌动、孕育与成长。诗人们，这些从极端意义而言最虔诚的宗教信奉者和偶像崇拜者，他们并不关注过去曾经发生和现在正在发生的真实存在，他们或是善意地忽略掉，或是模仿上帝对于世俗中的一切给予俯视、嘲讽和唾弃。如同所有青春期内心狂躁不安然而表面却内敛腼腆的少年一样，诗人们精神深处的恐惧几乎与渴望一样炽烈迅猛地燃烧：他的恐惧来源于他以诗人的极其敏锐的触角探测到了人类苦难和不幸的边缘，而当这不幸尚处于不可预期的状态而向人类觊觎的时候，作为预言者，作为以语言自身的逻辑量度宇宙的天才，诗人对于人类生命的危险性和人类的遥远悲剧不能不充满惊悚与敬畏；然而诗人同时又是童话与梦境的制造者，他酿了酒，又诱使自己沉浸于诗歌所给予他的膨胀的想象力和微微的麻醉里，他渴望不朽，就像渴望回到母体一样，那里是唯一可以容纳诗人不可抑止的诗情、梦幻、震栗、孤寂与高傲的故乡。这种回归的欲望一直是一切优秀诗歌的基本元素，也是构成一切诗人最终命运的精神要素。

如果我们理解了什么是高贵，那么我们就理解了诗人精神的一半。诗歌是与大众精神和流行话语权力相对抗的一种语言机制，它并不拒斥尘世生活的所有方面，它仅仅是用某种无意识的理智疏离了琐碎与焦虑,成就出另外一种高贵的纯真,犹如不谙世事的少女的贞操一样满怀期待却又引而不发。所有真正诗歌的最终努力,就是要铸造一座简朴却庄严的宫殿,在这个世外桃源里,他巧妙地维护了他与其他人类、动物和植物以及日月星辰的和谐。这种维护注定是充满苦痛和小心翼翼的:他所追求的沉静而高傲的精神境界,他抵制社会习俗与历史势力的侵蚀的努力,在巨大的世俗化趋势面前显得如此孤助无依;然而作为一个诗人,他又必须坚定地包裹在"高贵"的帷幕里,他不能开启这面帷幕里的命运和秘密,他的精神世界与外界有着不可妥协不可调解的冲突,于是那座"高贵"的宫殿,不但不能解救诗人内心的悖论,反而成了压迫诗人的坟墓。而致命的是,诗人与哲学家不同,他从来不努力寻求解决,因为解决本身就是一种可耻的逃避和让步,他甚至迷恋于那种难以摆脱的困境和身在其中的那种野兽般孤傲绝望的气息,他纠缠于体味那种无所依凭的恐惧,高贵地拒绝世俗的一切所能给予他的各种逃脱与解决的途径,他宁可做一个高傲尊贵的人格上的骑士,在无所希冀里挣扎拼斗,而不肯屈膝接受在世俗中由许多代悲苦的人类所被压迫发明出来的种种庇护和解脱。诗人们勇敢地扛负起整个时代的困境和命运,但是整个时代却弃绝了他们。

说诗人们是唯美主义者或是理想主义者是不够确切的,在最伟大的诗人那里,美和梦想是隐匿的,它们只有在那些肤浅的装模作样的作家那里才被粗滥地不加节制地歌颂与崇拜。诗人与唯美主义者的最大区别在于,他从来不以幻象欺骗自己,他洞悉丑陋与恶俗,但却以怜悯的姿态超脱其上,他用某种谦逊的表情看待那些与诗歌相排斥的事物,但是他却从不厌倦他们或是鄙视他们,他与他们之间竭力想达成一种和谐。诗人也并非理想主义者,因为理想主义者永远不能达到真正的诗人的真实性、丰富性和无与伦比的冷峻与清醒。这在某种程度上可以理解何以理想主义者可以不断地梦想,不断地失意,然后再不断地梦想,他们总是用某种带有诱惑性的前景来陶醉和激励自己,因而总是充满希望地生活。然而诗人的冷峻与卓绝的秉性却不允许这种反复,他领悟这个世界时绝对不包含自欺欺人的方式,也绝不自以为是地用未来的空妄许诺来安慰自己。堂·吉诃德式的疯狂和梦想在真正的诗人中是不多见的,因为真正的诗人不能容忍虚妄。诗人异常清醒地感知这个真实世界的存在,他在他所疏离的卑微事物和混乱情感中寻求灵感,那些丑恶与畸形的存在,那些潜藏着人类可悲命运的诸多狂热、欢愉、依恋和崇拜，成为他的诗歌里广泛警戒的对象。他热爱人类，但他从未将人类理想化，从未将人类视为自己的归宿。这是所有诗人最终悲剧的真正源泉。

除了寂寞，我们想象不到诗人成长的另外一种方式。诗人的眼睛的窗户是向外界敞开的，但他心灵的窗户却只向自己敞开。寂寞伴随着心灵的每一个痛苦的觉悟，而这些觉悟，作为完全个体化的生命内在体验，既不可以分享，也不可以传达，它们如同炽热的岩浆，只能沿着自己的心灵爆破和宣泄。当我们在寂寞的深夜里聆听诗人的吟唱的时候，我们似乎可以理解潜藏在诗人内心深处的巨大的孤独，但是诗人自身的孤独却永远不会因为大众的理解而获得稍许减轻。当诗人们的孤独被世俗理解为"一种为了获取独特的艺术想象力所必须付出的心理代价"，理解为"诗人维护精神主体的独立性和纯洁性的一种象征"的时候，诗人的寂寞便被严重地误解了。永远记住，孤独绝不是诗人着意选择的为诗歌而经验的痛苦，也不是诗人用以与世界保持高贵的疏离感的一种屏障，孤独是诗人内心与生俱来的生命渴望，他经由品味孤独来探寻心灵从而理解世界，一旦孤独被世俗的诱惑和外界的喧嚣所打碎，诗人的命运也就宣告完结。诗人对于孤独的心理依赖并非一种自我甄选的过程,他内在地感受寂寞,寂寞与其说是诗歌的成长手段,不如说是诗人的生命手段。里尔克劝慰一位青年诗人说:"你要爱你的寂寞,负担那悠扬的怨诉给你引来的痛苦。你身边的都同你疏远了,其实这就是你周围扩大的开始。如果你的亲近都离远了,那么你的旷远已经在星空下开展得很广大,你要为你的成长欢喜。"诗人在寂寞里感受自我与季节的韵律,感受成长与枯萎、开放与凋谢、荣耀与屈辱、死亡的神秘与永恒的存在。寂寞是催生诗歌的方式,但对于诗人,更重要的是不要被寂寞的神秘性所诱惑,不要在寂寞里沉溺为一种厌倦生活的慵懒与漠视,因为寂寞绝不是诗歌唯一的诞生地。寂寞的人比酷爱喧嚣的人更接近上帝和真理,但寂寞必须与广大的同情相联结,必须蕴藉着广大的宽容与内心的谦逊去体味世界上的事物;这个时候,寂寞才能成为与外物交流的神秘而悠远的通道,而不是试图将诗人与外界隔绝以换取内心宁静和诗歌灵感的闸门。而事实上,任何以寂寞来求取灵魂安宁的企图都只能是适得其反。诗人视寂寞为与生俱来的归宿,是如同死亡一样必然的先天的命运。寂寞是诞生诗与思想的源泉,但是不幸的是,寂寞也诱致狂野、孤僻、迟疑、仇视,它极易视外界为对立,外界按照它本来的自然节奏而运行,然而寂寞却拒斥这种自然的节奏，它要维护自我。诗人的寂寞与弱者的孤独是完全不同的境界。在弱者那里，一个人的生存只是他周围配置的一个组成，他的所有生存的理由都依赖于外在的肯定、护持和抚慰。然而当他赖以生存的赞扬与肯定的源泉一旦干涸的时候，弱者便会感到不被社会所接纳、被他人所遗弃的孤独。然而，诗人的寂寞是一种完全不依赖于他人的强者的孤独，这是一种自我肯定，诗人被置于这样完全"自为"的境地，独抱孤怀的高傲的诗人们，这些天真而坚定地沉湎于自己的内心而不能自拔的天才，这些用嘶哑苍凉的嗓音放声歌唱的"孤独之狼"，他们洞穿世事和命运，却不能抗拒寂寞的引诱，摆脱寂寞所遗留的死亡的阴影。寂寞本身并不是悲剧，但当寂寞成长为生存的心理障碍并使诗歌的从容与纯洁遭到毁灭的时候，寂寞就成为诗人的悲剧，他处于既依赖寂寞，却又逃避寂寞的围城境地。"孤独者的岁月悠悠远去，他的智慧与时俱增，终于因着过多的智慧而感到痛苦"，在孤寂的内心世界里流浪跋涉狂飙猛进的尼采，知道"孤独是可怕的"，但他在这个"寂然无人"的世界里，仍旧宣称"爬上高山的人，嘲笑一切悲剧与悲剧的真相"，他仍旧"要重归于孤独，独与清朗的天空，孤临开阔的海洋，周身绕以午后的阳光"。尼采的超人式的孤独，洞察伏在芸芸众生的断肢与尸体之上的人类苦难，他用狂放不羁的诗歌歌唱孤独，蔑视和诅咒上帝。然而尼采终在孤独中逝去，而上帝却永远存在。

诗歌是语言的宗教仪式，它本身并不危及也并不包含生存。但诗歌同时又是诗人理解世界的媒介，诗人不是用经验，而是用自己内心独具的敏感性去体会生命，这个过程中所暗含的危险性令人不寒而栗。相比于诗歌，相比于诗人内心个体化的感知，生命中所蕴含的大量富饶而活跃的存在方式被诗人们毫不怜惜地摒弃，他们超脱于众生之上，不是从痛苦的经验中感受痛苦，不是从绝望的经验中去品尝绝望，而是在自己的诗歌中预设了痛苦与绝望。这些远离尘世生活自然节奏的语言预设，使得诗人们在极其短暂的生命瞬间宛如经历了人生的漫漫长途，这部分来源于诗歌本身语言的张力和神秘的预言性，部分来源于诗人在诗歌生命中瞬间所凝聚的生命体验。这就意味着，在诗人的思想中，他并不以舒缓从容的时间维度作为生命体验的保证，而是执着地相信，生命可以在极短的时间内臻至极其辉煌与精彩的境地，他对于冗长拖沓的生命历程怀着深深的恐惧、厌倦与烦躁不安。天才的诗人，总是期望以自己的彗星一闪式的完成来赢得生命的永久荣耀。他们崇尚语言胜于崇尚可以触摸、可以言传的真正的生存；当他以狂风海啸般的速度穷尽了所有诗歌语言的奥秘之后，便再也收拾不起任何激情去经历一趟真正悠长自然的人生。死亡的本能最终攫取了他的灵魂，对于漫长的生命，他丧失了所有的好奇心和炽热的欲望，他想于生命之外自我创造一种更为永恒高贵的生存，于是他别无选择。

我曾把诗人比拟为"扶着自己的灵柩高歌的圣徒"，那些英年早逝的真正的诗歌英雄，那些我们这个时代最纯粹最聪慧最敏感的心灵，他们以自己生命中的所有悲剧去拥抱诗歌，来安慰众生，安慰活的人。他们不适宜于尘世的爱情、幸福与安宁，对于人类的热爱和疏远使得他们的诗歌里既充满着温情、泪水与渴望，同时又潜伏着那么多触目惊心的暴力、丧失、鲜血与死亡。但是诗歌从来不应成为生命存在的终极意义，它只是我们在生命的苦痛与欢愉的自然节奏里所吐露出的吟唱，我们吟唱，是因为我们生存，而不是相反。诗歌使我们微带醉意地在这尘世中栖居，它传颂的应该是明澈而丰满的诗意、生存的骄傲感和命运本身的庄严与神秘。

一九九九年三月

（海子，原名查海生，我国当代著名诗人。1964年3月生于安徽怀宁，1979年考入北京大学法律系，1983年毕业后任教于中国政法大学。1989年3月26日于山海关卧轨自杀。自1984年到1989年，海子创作了数量惊人的优秀作品，包括短诗、长诗、诗剧和札记。）

# 扶柩高歌的圣徒

## ——纪念北大杰出诗人戈麦逝世两周年

冬云笼罩的京城,凉气习习,万籁俱寂;案头静卧着戈麦不朽的《彗星》,还有同样不朽的他的灵魂与梦想。两年了,岁月如梭,今日的宇宙,今日的土地,该依旧的仍然依旧,该变迁的仍在变迁,戈麦的死,犹如一声叹息,有如一尾羽翼悄无声响。

海子,骆一禾,北大诗歌园地里最辉煌的骄傲,曾经以其放纵的气概冲荡北中国诗坛,却如两颗耀眼的星在同一年里砰然陨落;两年之后,戈麦,这位具有狂暴想象力的天才诗人,"众尸之中最年轻的一个"(《金缕玉衣》,1990.8.13),也杳然消逝,留给世人永远的谜团,永远的误解,永远的悲凉。

诚然，戈麦不需要责备，更不需要叹息，没有遗书与烧毁手稿的诗人的死，使所有世俗的眼光与忖度都丧失了诠释的资格。我们，幸存于（抑或苟活于）尘世之中的生灵，对于戈麦，亦不应该仅报以眼泪和惋惜。

短暂的四年的写作时光，他在诗歌的轨道上狂飙猛进，以令人瞠目结舌的子弹般速度打穿诗，也同时打穿人生。二百七十余首诗，寒光逼人的语言，一针见血的诗行，斩截而冷酷的笔调，令我们不能停留目光，不能驻足观望，不能心平气和地欣赏。他威临着他的时代。

他是如此热爱生命，以至于不得不常常面对死亡，咀嚼死亡，预见它的气息。死亡的预感，是戈麦诗歌里最为常见的动人的主题之一，所有严峻而深沉的思考，诸如宇宙的现在与未来，人类的价值与尊严，生命的有限与无限，都在这个主题的变奏中涌现。在诗人自沉的前一年，死亡的预感就已覆盖了他整个的诗的思维，一片世纪末日的景象，如一篇启示录般悲怆而清晰。他说："我把黑夜托付给黑夜 / 我把黎明托付给黎明…… / 我把肉体还给肉体 / 我把灵魂还给灵魂。"（《最后一日》，1990.8.16）在《陌生的主》（1990.12.2）一诗中，他似乎已经预言了他的死亡的结局，并把这结局看作一种上帝的宿命："今日，我终于顺从那冥冥之中神的召唤／俯视并裁决我生命之线的／那天神和未知的命运之神的召唤。"1991年5月间,他应友人之约,写了一篇自述性的散文《一个复杂的灵魂》,末尾写道:"戈麦经常面露倦容,有时甚至不愿想二十五岁的光景。"这句话不幸成了他四个月之后死的谶语。他死在二十四岁上。

当我们企图探究戈麦的死因的时候,(也许戈麦会说我们愚蠢至极),不可避免地会把目光伸向他的诗歌本身。他是一个极度理想主义者,一位心地纯正的水晶般的圣徒,也正因为如此,现实中色彩的幻灭以及所有闪光的东西的破碎,使他虽然有着极顽强的理性,却最终免不了对于人性的绝望。他说:"很多期待奇迹的人忍受不了现实的漫长而中途自尽……我从不困惑,只是越来越感到人的悲哀。"当他在诗的天国跋涉的时代,就已窥见人世间不幸的一面,敏感地触摸到"人类脊背上的污点",并勇敢地向它表示决绝。"对于我们身上的补品,抽干的校样／爱情、行为、唾液和革命理想／我完全可以把它们全部煮进锅里／送给你,渴望我完全垮掉的人。"(《誓言》,1989年末)在1991年初写的一首诗里,他说:"我们来到世上,正是为了把偶然的角色扮演得更加荒唐,人类绝对是一堆废物,不必惋惜。"

我们却无法忍住为戈麦惋惜的心情,尽管戈麦也许并不赞赏这些。然而，对于人性的决绝态度并不是诗人悲剧的全部；在他视"白昼犹如夜晚，尘世犹如禁忌"的同时，也一起摒弃了爱情，摒弃了青春的情绪，以及故乡等等在年轻的诗人那里常奉为神圣的题目。他说，他没有故乡。直到死亡前，他的诗行里才隐隐约约地出现生他育他的"农场"。爱情，在年轻的戈麦的诗集里更是罕见的词汇，他残暴地将她拒之门外，拒之心外；他无意中实践了里尔克"青年诗人应暂时回避爱情"的忠告，可他却是更永远更彻底地逃开了爱情的洗浴与温暖。但是我们却不能由此论断诗人胸中没有爱情。在他的诗歌的元素里面，一边是石头，铁，火，刀刃，老虎，命运，一边是镜子，月光，牡丹，玫瑰和天鹅，残忍与狂暴的死亡的隐喻同温柔而富于女性气质的艳丽格调并存，这是戈麦内心矛盾的见证。而他却义无反顾地逃避了她，压抑了她，他似乎有意地使自己背对爱情——海子的影响对他深入骨髓——这与其说是诗歌的幸运，毋宁说是人生的不幸。

诗歌成了他的生命的唯一支柱，在这根光滑的支柱上，他用力地攀附，用力地以梦想代替手脚向上攀附。在悼念海子的诗中，他说，"和死亡类似，诗也是一种死亡"，戈麦自己的死为这句诗做了注解。诗歌本是生命的幻想形式，而令人悲哀的是，诗歌理所当然、堂而皇之，又是如此毫无怜悯地以其梦想的形式代替了生命本身。在许多时候，诗人并非发现丑恶之后才绝望，才呼喊，而是首先使自己处于最为寂寞无援的境遇之后才去发现；他一方面尽情地享用了诗歌所给予他的体验人生的宽大空间，而同时，人生的体验却被迫让位于诗的体验，诗的体验又让位于语言的体验，而语言的体验又直接让位于纯粹的语言的构造与想象。在《当我老了》（1991.3.28）一诗中，诗人不无自省地写道："我一直未流露内心最深处的恐惧／关于生命，关于博爱……／我的一生被诗歌蒙蔽，／我制造了这么多的情侣，这么多的鬼魂。"这难道是诗歌的错误吗？诗歌是虚假的人生吗？

诗人是最善于梦想的一族，诗人的梦想，属于人类理想之光的终极；戈麦就是这样一个沉浸于梦想之乡而不能自返的人物。他不能接近世俗的生活，不能去感受世俗的所谓乐趣，他在死前的一两年里，过着令人敬畏的不问世事的苦行僧般的生活。他曾诘问上帝："你是谁，为什么在众生之中选择了我／这个不能体味广大生活的人／为什么隐藏在大水之上的云端／窥视我，让我接近生命的极限。"（《陌生的主》，1990.12.2）在现实中他不能"明哲保身"，只是"一梦到底"(《月光》,1990.7.21),然而他不能忍受的是生命历程的平庸与梦想的冗长,他说:"世界啊,我在你的体内已经千年/……在我的体内啊,是一片沉默的焦虑。"(《三劫连环》,1990.4.14)难道他就是为了故意摆脱这种焦虑而选择了自沉这样一种斩截的接近奇迹与天国的方式?

戈麦走了,美丽总是那么脆弱而易于毁灭。也许戈麦并没有毁灭,他只是"完成一次重要的分裂",他"仅仅一次,就干得异常完美"(《誓言》)。我们生者,以失去死者的痛惜来悼念死者的死亡,而死者却以宽宏温存的微笑俯瞰我们的生存。戈麦,这扶着灵柩高歌的圣徒,但愿你在天国里得到永安。

一九九三年十一月

(戈麦,1967-1991,原名褚福军,黑龙江省萝北县人。1985年考入北京大学中文系,1989年毕业后在国家外文局中国文学出版社工作,1991年9月24日投湖自杀。他是一个具有极高天赋的诗人,在短暂而灿烂的一生中,对文学事业做了多方面的探索,其诗歌创作是当代文学中不可多得的优秀之作。)


附录:献给诗人的诗章(四章)
——纪念戈麦自沉两周年

一九九三年十月草于北大三教

## (之一)秋日的鸣蝉
把缪斯的幻梦压抑在生活的小腹上
使他不能挣扎
不能像冬天的窗棂漏出一点晨光

我感到了胁迫
在他锋利的一针见血的匕首上
人生已无法安详地驻足

抛弃比获得容易
生存在布满黑子的日球的下面

感受阳光优美单纯亘古不变的舞蹈

无边无际如隧道般的一切
须耐心等待一缕明亮
而他立马横刀,将这隧道斩作两截

圣马丁广场水中的鸽子
因为一个不可挽回的损失
遂使整个黄昏孤寂无援

向天空索要翅膀
向灵魂祈祷自由
向未来启示雾一样迷漫的许诺

只要慢慢地踱步
这条丁香树与罂粟花交错的甬道上
总会有很多意外的风景

而你像秋日的鸣蝉一样狂躁不安

沿着死亡的光线茁壮成长

秋天的湖水里你欲洗尽一生


麦田里的母亲,可怜的母亲

含着泪光向着天堂张望

看一个年轻的肉体四处飘扬


在你死后,所有的羊群

仍在每夜辉煌苍凉的星火里

悲壮地歌唱,刻苦地歌唱,胜利地歌唱

## (之二)大火的深处

对一株金黄的向日葵或一团缠绕的星火

不能给予长久的注视

梵高的耳朵有如一种悲剧动人心腑


正如我无法停驻在你诗歌的怀抱

你平静如睡狮的语言

魔鬼的梦魇,巫师一般安详


远远地衣衫褴褛地走来

挂满泪珠和水珠

你说你不艳羡上帝,却向往天堂

而你早已没有了心的天堂

那铺满阳光的祭案上

你为上帝准备了羊粪、奶酪和疆场

有时沉着地切齿痛恨

有时甜蜜而松散地制作梦乡

有时你满怀罪恶举杯长歌挥动长枪

独自在幕后占卜命运

不许一种月光帮助呻吟和瞻望

大火的深处你一个人一无所惧地跋涉

可你并未穷尽所有的火和灰烬

枫叶仍在头顶上燃烧成火焰

你却俯首陷于无底的地狱的沉思

决绝,向上帝以及天使以及石头以及春树

英勇地决绝

孤独的裸体，在谷地里黯然流淌


太阳光将你蒸馏殆尽

我的戈麦，如果此时有一杯水

也许便可以养育一千亩牧场


## （之三）崩溃的方式

就像一支楚地的古谣

被一代代的后人反复吟唱

你的寂寞是一只再难合上的眼睛


它俯瞰人类

嘲笑眼泪、理想和嫁妆

因为嘲笑，它皱纹早生


瞳孔里积雪渐深

掩盖了风声，黄狼的嗥叫此起彼伏

心悸神飞的夕阳无处躲藏


在洞穴的深处你咬紧牙床

坚毅而执着地守候
你目露凶光,望穿秋水

也望穿了所有漂流的希望
他们像野牛一样四处觅食
又像野牛一样在栅栏外徘徊彷徨

服膺过真理,闪光的东西
如磷火一样瞬间即逝
小提琴和二胡的陶醉只能保留一秒钟

多么短暂的美妙时光,挺住
不要溜走,不要动摇
不要将我遗弃在这洞穴里

最后一秒钟,子弹终于穿透心脏
手挽诸神的微笑的额头
你选择了一种精致的崩溃的方式

让湖水在耳朵里荡漾,涌动

那是诗国的尽头,听得见海螺的呼吸
你从此不感到痛苦,从此闻不见死亡的香气

愚妄的牺牲
不应该属于年轻的盗火者
而盗火之后,为什么却连自己都燃烧不起

## (之四)蝴蝶的主题
一种有关蝴蝶的主题
有关人的命运、哭泣和奔跑
被他残忍地从血管里抽掉

飞天漫舞的丝绸的光泽
是最温柔最耀眼最磅礴的一幕
此时他地坐在黑黢黢的包厢里紧翕双目

摒弃了幸福。为了苦难
你降临人间。又为了苦难
你否定人间

就像一柄生锈的斧头砍向白桦树

就像白桦树的伤痕暴露于皮肤的表层
皮肤的表层被你自己划得血渍斑斑

将爱情和幸福的篆体
典雅地镂刻于死亡之塔。轻松的感觉
却比塔本身更沉重

因而不能够承载许多秋天的雨水
甚至春日里的融雪,冬天的冻牛的印象
甚至夏天里盛满的千古的忧伤

母亲收藏起嫁妆,没有将那一刻的战栗
展示给她的婴儿
她的松鼠一样脆弱而敏感的婴儿

苦厄的印记烙满头发和头发之间
紫罗兰的芳香,断送于一种过错
而从诗人的诗行里沉重地滑落

所有的不幸与幸运

都是由一瞬间的有意与无意
简单地拼凑,仓促地塑造

如果真的有一种如果
诗人也许会眼望星光,点燃睫毛
也许会学会逃脱,学会讴歌露水

而今一切都迟了
西斯廷教堂的钟声又一次敲响黄昏
上帝身背十字架高耸着头颅目光迟滞

一切都已迟了
农场里的羊群从此翘首以望
却再也望不见近在咫尺的故乡

# 诗情与冷眼

## ——访中国社会科学院文学研究所著名学者赵园

> 与欧洲一些更古老的大学相比,北大是年轻的。她的魅力也应当在年轻,在"五四"式的生机与活力。
>
> ——赵园

赵园常说自己的"老"。但是交谈的时候,她的凌厉的谈锋,时而发出的富有感染力的笑,使你觉得,她所谓的"老",或许更指一种境界,在这个字的庇护下,她可以更加坦然地摒弃浮躁的心态,摒弃虚夸,而更加关注自己的内心;她不再易受外界的纷扰,"老"使得她游离于"圈子"之外,更以平常心来面对学术与人生,她甚至淡漠于别人的评论。"老"在她更是一种丰厚的人生体验,"我清晰地体验着发生在自己这里的衰老过程,觉察到生命由体内的流逝,甚至听到了生命流逝中那些细碎的声音"。也许,对于一个刚刚五十出头的人来说,"衰老"这个词儿尚显得滑稽,可是这种渐入老境的心态,对于学术上如日中天的学者而言,却未始不是一种幸福。它使得她找到了摆脱的借口,心灵更加自由,无所羁绊,空前从容。如果你在她的文体当中读到了前所未有的恣肆淋漓的品评,读出了删繁就简如三秋树的表达背后所蕴含的洗尽铅华之美,那么,你会觉得,"老"给赵园带来的可绝不是"事理通达心气和平",或者恰恰是相反,也未可知。赵园自己,也时常"害怕在将来的某一天,成为自得其乐、无不满不平、持论公允稳健"的蔼然长者,可是依愚辈之见,这种担心在二十年内是多余的。几年前有人在文章中称赵园为"旧式的女性批评家",想到自己在所谓新锐眼里,已是"过气人物",她不禁失笑,彼时的心境,似乎听到谈论另一个人,漠不关心,不妨随喜一乐。"老"来怡然,不乏幽默,绝不会撸上袖口来干仗。

  读惯了轻灵小品的读者,对于赵园的散文,不难读出一种略近沉重的感觉,她的文字并非森严庄肃,但你于似乎疏朗的文字背后,觉出一种塞涩。这是她以文字铸成的铠甲,她并不是晶莹剔透的人物,世界上也从来没有什么绝对自由的心灵。在致友人的书信中,她写道:"我知道自己文字的涩,局促逼仄,所给人的压抑感,其背后是怎样的'病'。""倘若一个人从幼年起就已习惯了抑制,又在其后文字狱的阴影之下训练了吞吞吐吐、曲曲折折,一旦镣铐解除,怕会不成舞步的吧。"这是一个时代烙在人身上的特殊印记,无法刮除。可是万事的矛盾性总让人迷惑。赵园又可算得上是我所见的最坦诚的,她的不加掩饰不留余地的直率,有时候到了让人惊讶的地步。语句的斩截率真与文体的曲折掩映形成了有趣的对照。生活中的赵园,对师,对友,总是任性而为,出语无忌。对颇具师道尊严的王瑶先生,她也不一味恭顺,有时甚至不惮于顶撞;即使在纪念王瑶先生的文章中,她也不忘指摘他的震怒中所显露出的"旧式"的"病态自尊"。这就是赵园,不隐讳,不造作,在謇涩沉重的文体后面,你倾听的是真实的"独语",不必担心受欺骗;她可能故意遗漏某些片段,但凡她所叙述的,绝没有煽情般的夸张,也没有着意编造的逸事传奇。学者的散文,也不善于吹"肥皂泡",读后,别是一种风味,似与时下的文风不同。无病的呻吟,在她是不可饶恕的。

在纯粹思辨的世界之中,女子的地位是微乎其微的,这是举世公认的事实，这也许从生理学上得到某种牵强的解释。然而学术研究中的女性化倾向，却是所有女学者之大忌。而赵园却是例外的处之泰然的一个。她并不刻意追求所谓女性风格，但是也决不回避、隐藏，她不欣赏的，只是那种故作粗犷的"假小子"习气。然而在赵园的学术世界里，并不缺少思辨。虽然完备的、体系化的训练并不具备，但她在大学时代所积攒下来的哲学养料，却实在使她以后的学术生涯受益无穷。在赵园的著作中，你也许一点儿也嗅不出带有"女性标记"的某些气味，她的文风，犀利，斩截，干净利落，绝不拖泥带水、顾影自怜；她的论断，精警透辟，往往发人所未发，独具方家慧眼；她的选题，视野广阔，自辟蹊径，其深度与广度均令人望而却步。也许正因为如此，她才得以在众多男子所"盘踞"的学术天地中卓尔不群、自树一帜。

在学术文章中力避赏析式的抒情感喟，而代之以富有逻辑和思辨的一以贯之的思想、心态的刻画，已成为她自觉的追求；她所做的，并非在于描述一个历史过程，而是从宏观上把握一个时代的人文心态与文化脉搏。在赵园的文学批评中，你可以感受到境界的广大与视角的独特，精辟的品评融于厚重的历史感和哲学意味之中，给人以理论上的满足。她尤其感兴趣于中国知识分子的心灵塑造过程。知识分子是时代文化的自觉创造者与敏感接受者，文化内部的破裂、崩溃，外部的撞击、交融，所有这些冲突均在知识分子的心灵史和形象史上留下烙印，而揭示这个心灵与形象的变迁史，也就直接地进入了历史的内心。赵园在文学批评中这一独特的定位，完全改变了她的鉴赏视野，她更关心文本背后透露出来的语境，语境背后所昭示的心灵的秘密。在《艰难的选择》的后记里，她写道："我在作为对象的形象世界中游走，试图由心灵的创造物去接近创造者的心灵，由这些心灵去亲近整个文学时代；试图凭借历史知识、艺术理论和个人经验（包括审美经验）探寻这个艺术世界的深层结构，同时，由这特殊世界去'复原'那个时代的感性面貌"。从《艰难的选择》中对"五四"知识分子心态的研究，到《北京：城与人》中对北京城市文化品格的研究，再到近来对明清士大夫心态的研究，我们可以看到这种追求的清晰的轨迹。由"五四"到明清，转变并不轻松，而事实上，赵园一直在寻求对自己终极能力的挑战——陌生的知识领域，陌生的理论架构，以至于陌生的表述，她尤为心向往之的，是思维能力、认识能力以及将认识理论化的能力。她力图达到"生命的深"。

作为在特殊历史环境中成长起来的现代文学研究者，赵园并不讳谈自己学术中存在的先天不足。他们"前不见古人"，在破字当头的年代，他们"历史性地"失去了亲近古人的机会，而几十年的学术封闭，又人为地堵塞了东西方的文化交流，于是"两头茫茫皆不见"，作为事中人，你不难体会那种尴尬与落空的心态。写完《艰难的选择》，赵园曾有过深刻的自省，在《跋语》中，她写道："我何尝不知道，这部书稿清楚地显示了我个人以及我所属的那代人的认识局限，我寄大的希望于青年，与我们的思维方式鲜明地区别开来的一代人。"然而她也同样自信，一代人有一代人之局限，不独这一代唯然。而历史也正是经由有着各自不可逾越的局限的无数代人而创造。现代文学研究的第三代从不标榜所谓的"客观"，学术成为他们表达和体验人生的一种方式。因此，他们从不避谈"主观"，并声称与题目"你中有我我中有你"，倘若题目不与他们契合地长在一起，那么他们与它的结合才是真正的痛苦。朱自清先生讲到闻一多先生治中国文学史时曾说，他"是在历史里吟味诗"，更是"要从历史里创造'诗的史'或'史的诗'"，学术与人生，在他那里不可剥离。已有不少人讥评这种将自我融入学术的研究方式，但是我实在也困惑，完全置身事外的超然公平的"客观",在人文学科中真是可能的吗?赵园不止一次地谈到她的局限,坦然,清晰,又含着无奈。由于知识结构与思维训练的局限而导致的缺口,是永不能填补的,她敏锐地觉察到了,可是难以跨越。悲剧不是她一个人的,这是一代人文的命运。

赵园戏称自己是"邂逅学术"的,所谓"邂逅"者,不期而遇也,选择了学术,选择了书斋生活,在她是偶然而幸运的。枯寂与清贫,确也是书斋生活必然的伴生物,但她并不打算用安贫乐道、献身学术之类冠冕堂皇的话来自我安慰或是解嘲。她相信她所做的,是任何一个正常社会必有人做的,其价值无须特别论证。多少年来,因为弄学术,她已经习惯了听取满腔同情的半悲悯半慨叹的评语:太清苦了。每逢这时候,她真想仿庄惠之辩反问一句:"子非我,安知我不以此为乐?"是的,学术给予她的,是不受纷扰的一份宁静,她在学术中清晰地体验到生之力的扩张与延伸,"激情迸发时任激情迸发,平静淡漠中写平静淡漠的文字",她甚至对上苍的安排心存着深深的感激。自然,书斋生活之中也有不可弥补的缺憾。镇日晏坐在书房的一隅,耽溺于思考与表达,对于活泼泼的生命,"永远地丧失了游戏的态度,永远地丧失了悠然怡然,以至日见迟钝了对四季流转、寒暑交替的感觉"，竟至于"一年年地忽略了初春时柳梢那烟似的鹅黄，到瞥见枝头翠色欲滴，才照例地悚然一惊"。书斋是纠缠她的矛盾与迷惑的所在，她有时竟不可抑制地厌倦，强烈地向往她不曾拥有的生活，在投入与逃避、兴奋与疲惫之间游荡，既惧怕喧嚣又不耐岑寂，这是她初期常有的状态。她曾不无神往地叹道："我哪怕是一个健壮的村姑呢。"我听得出神往后面的怅惘与苍凉。有时她凝神窗外黯淡的天空，浓重的孤独感猛然袭击过来。她觉得自己仿佛是在空旷的天地间独行的旅人，永在途中，注定了漂泊，体味着"孤独者的甜蜜与惆怅"。

疗救枯寂的是"梦"，拥有梦境如赵园者，在内心的深处，也许是幸福的，这是她得以隐遁并逍遥的地界，静谧的乡土田园，遥远的童年旧事，和煦亲切的人情世界，寄托着她的诗情，浸润着她的心腑。梦境是无高下的，她所魂牵梦绕的，不是"悲歌慷慨、血泪飞迸，一弯冷月下的金戈铁马"，而是最平常的人间景致——幽暗沉寂的雨夜中雨打梧桐的细响，远树近村间袅袅的炊烟，日落时分邻里的絮絮闲语和满街流淌的饭香，在她，都是不可多得的诱惑，在最深远而无望的孤寂里，她一次次从梦境中领受温暖。书斋的囚徒，脆弱的知识者，当人生之旅疲惫困顿时，便会"本能地注视市井田园",这是他们最后的灵魂的领地,如同到母亲怀中安憩。作为研究者,赵园是冷峻的;但在另一个梦的世界中,她诗情四溢,感人至深。

人到中年,便很容易为"宿命"的意念所缠绕,是的,由事后看来,那些当时于懵懂仓促之间所做的抉择,是怎样地决定了人生不可逆转的航向,怎样刻骨铭心地塑造了人的整个灵魂禀性,想来是令人惊诧莫名的。1964年、1978年两次鬼使神差跌跌撞撞地踏入北大,在赵园,正是这样的宿命,无从诠解。如果说她是在躁动、浪漫,而不无忧伤困惑的革命激情中度过了那个难以忘怀的"前文革时代",那么当1978年重回燕园,在而立之年又漫步在未名湖畔博雅塔下的时候,她的心境却带上了某种苍凉紧迫的意味。对赵园而言,北大更犹如乡土,它不是那种可以无所牵系地走出的世界,它在记忆的深处潜伏着,偶一提起,便会兀自怦然心动。在北大九十周年纪念文集《精神的魅力》中,她写了《属于我的北大》,北大在她心目中,是三四挚友神奇而持久的遇合,是王瑶先生充满睿智与才情的暖而大的客厅,是师友间的纵情谈笑,晤言一室之内,放浪形骸之外。也许正是由于离开了燕园,她才能以更超然的眼光来瞩望它,思念它,品味它——犹如内心里聆听乡土的声音。

至此,赘几句闲话。对于"学术夫妇"的评语,赵园一向不以为然。夫君王得后先生,实为笃厚长者,与赵园相映成趣。家有老母,三人相加,计二百岁余。室无芝兰,唯有巨花一盆,其大如树,观者叹止。一柄琵琶久藏于沙发之后,早已尘灰盈寸矣。

一九九六年十二月三十一日小雪

(赵园,女,1945年2月生,河南尉氏人。中国社会科学院文学研究所研究员。师从王瑶、乐黛云,1981年在北大中文系获硕士学位,论文题目为《老舍——北京市民社会的表现者与批判者》。)

# 戴上枷锁的笑

## ——访著名当代文学史家吴福辉先生

> 母校永远令我倍感温热。是她教我"不惑"——在不惑之年睁眼看世界,她是我生命提升之所。
>
> ——吴福辉

现代文学馆仿佛是高楼大厦与立交桥重重包围中的一块飞地——一块拒喧嚣与零乱于境外的世外桃源。它所占据的万寿寺西路,尽管不如中路的气势恢宏,但此地杂花生树,好鸟相鸣,野趣横生,海棠初蕾,连翘早已一片烂漫,阳春的景致固足以醉倒访者,而与吴福辉一夕闲谈,更可谓赏心乐事。

生于沪地的他，身上所散发出来的，却是久居东北而熏染出来的纯粹北方男子的豪气，内心率直，喜纵情谈笑；二十年教鞭粉笔生涯，使他对年轻人更是情有独钟，兴奋所至，虽竟日倾谈而不倦。慨言一生憾事，是未能终身为人者师。他始终对他传道授业解惑的老行当保有一份浓厚的留恋之情。

吴福辉戏称自己和钱理群是"末班车上的乘客"。他不会忘记，1978年在东北某市的郊区参加"文革"后第一次研究生考试的情景。最后一场现代文学卷答毕，他满身冷汗，几乎瘫倒在那里。为了这一刻，他已等待了多年。39岁的他，清醒然而却是痛苦地意识到，这是命运女神赐予他的最后一次机会，倘若失之交臂，那意味着他将终生在文学圈外挣扎，永无见天日之时。"我蹒跚走过的路会通向心目中那个神圣的殿堂吗？"他一次次地问自己，如临深渊，如履薄冰。北大，对他们这一代特殊的群体而言，不仅是一种辉煌，一种光荣，一种凯旋，更是一次拯救，一次裁判，一次炼狱般的考验。进入北大之后，他才发现自己的几位同窗，几乎都有着相似的履历：都做过无数年的文学梦，都以为此生已与文学无缘了，都突然地为这个"文学之神"的降临而久久后怕，不敢想象他们是怎样侥幸才"赶上末班车"的。三年读书,辛苦备尝,战战兢兢,害怕考试,害怕学位答辩,害怕论文不被采用,怕这怕那,他们已经过了那种可以毫无顾忌地"指点江山,激扬文字""书生意气,挥斥方遒"的年纪。他们已不会潇洒,也不敢潇洒了。年近不惑,他的心里,满是时不我待的紧迫感,只望发奋三年,修成正果。

吴福辉格外珍惜来之不易的机会,满怀感激地踏上这条布满荆棘却是钟情已久的文学研究之路。对于一个40多岁才起步的研究者而言,他所承受的信心、学识、精力上的压力可想而知。此中甘苦,不足为外人道也。想到已是人到中年,他便有"一万年太久,只争朝夕"的冲动;然而,光有冲动是不够的,内心根深蒂固的空虚感使他在初期也曾步履维艰。而对自我的超越,是一个研究者必备的基本素质,保持优胜的研究心理,与研究本身同等重要。由"我怎么赶得上别人"到"你也不比别人差多少",获得这个意识,吴福辉身上的能量似乎有了新的释放口。他外表温和,内心甚至有些柔弱,而内在的浙东先民遗留给他的倔强需要激发和调动。过去,他习惯于顺从接纳他人的观点;如今,他却常起反叛之心,这给他带来从未有过的"独立"的畅快。他天性豁达,现在更加小心地维护它,在英才行列中奋争才不会使自己萎缩,他不再相信"宁为牛头,不为凤尾"的虚假的自信哲学。"我珍视健全的学术自信心。"他说。也正是这种自信,使他稳下阵脚,埋头苦干,终于打出一方天地,做出一番不逊于同侪的成绩。也正是缘于这种自信,才奠定了他独特的学术风格、独树一帜的学术追求和学术理想。

由于历史原因而造就的狭窄而有限的知识是扎扎实实的,而长期生活在底层的丰富而鲜活的人生体验正弥补了方法、理论的简单划一。吴福辉这一代人,虽说是"末班车乘客",却也同时是得风气之先的一代。他们是春风中首先苏醒并萌动的苞芽。他们开始厌倦为某种教条而写作,而要追索心灵——作家的心灵,自己的心灵。反复思量自身的经历、个性,去选择自己的研究对象作为起点,以求寻找与自己契合的那一部分。他向往开拓,因为现代文学这片园地,在许多方面实际上还几乎是一片处女地;探入未知之地,去寻觅新的作家、作品、社团、流派,做新的比较、新的审视,力求在更宏大的背景上,发现文学史律动的轨迹。为使文学回到自身,他更注重文体的分析、艺术的价值,因而对文学研究的思维方式、表达方式投入了极大的关注。于是,他找到茅盾、张天翼,找到城市的文学形态，从左联青年作家进而找到京派作家、海派作家，从张天翼、沙汀、钱锺书找到讽刺小说文体。他被推动着，从中外古今的文学传统背景与发展背景上观察我们的民族文学。吴福辉在京派小说、海派小说、讽刺文学研究上的卓越贡献，已经被学术界所公认。可以说，在这三个领域，他占据着不可动摇，也不可替代的重要位置。

作为承前启后的现代文学研究者的一员，吴福辉并不讳言自己的"时代烙印"与"先天不足"。他们是中国社会猛烈转型时代脱颖而出的一代，在这个特殊的时代，他们以一种异常成熟的心态，接受系统的专业训练，感应各种思潮、学术的相互冲击，从而在知识结构、思维方式、文学观念诸方面形成迥异于前代研究者的新鲜特色。逼近文学与历史的内核，他们明显体现出与前代学人不同的犀利与敏锐。丰厚的底层生活体验，又使他们比更年轻的一代更为严谨、沉潜、扎实。文学评论家宗诚在《文学评论》上撰文指出，第三代文学研究者的骤然崛起，不仅开创了新的局面，也为学科的长远建设提供了可靠的基础。尽管这群学人的学术潜力和至今不衰的研究活动预示着未来的远大前景，但他们已有的成就，已经需要人们对其做出应有的评价。这是不可忽视的特殊的一代，他们的痕迹，必然深深镌刻于中国文学研究的历史中,并焕发异彩。

吴福辉自称并不幽默,但对于幽默文字却能够心领神会。他所涉足的领域,本是相当广泛的,从作品鉴赏到作家综论和文学流派的客观描述,从资料的辑佚到短论书评,胃口相当大;但当他与带有喜剧色彩的叙事文学相遇时,则焕发出一种特殊的才情,他目光炯炯,感觉敏锐而充盈。讽刺小说可以说是吴福辉倾注心力最多并始终兴致不减的话题。但是,他所面对的研究对象,却个个是令人心怵的人物,其中有"冰山风格"的小说名家沙汀,有1930年代便饮誉文坛的"最大的笑匠"张天翼,更有被尊为"文化昆仑"的学识渊博的讽刺家钱锺书先生。每一位都具备丰厚幽深的底蕴,有研究者广阔驰骋的空间,同时也对研究者提出严峻的考验。但是吴福辉凭着自己的深厚功力,驾驭起这个题目来却是游刃有余。在那篇评论沙汀的文章结尾,他甚至情不自禁地把探讨"诗与喜剧的艺术特质"称为"愉快的工作"。吴福辉被评论界称为"讽刺艺术的鉴赏家",他含英咀华,尤其擅长于从蕴藉深厚的艺术品里悟出个中真味,弹拨出象外之旨、音外之韵。这品鉴的功夫,很大程度上应得自于他的人生阅历。在一篇分析沙汀的文章中,他曾写道:"热情单纯如水一样的清浅的青少年,骤然间很难全部领会沙汀的作品,可是,凡亲历过生活的磨难,已经在社会的阴暗面之前沉思起来,而又仍旧保持着活力的人,却特别地感受到他的小说回味无穷。"这是夫子自道。

对于京派和海派的研究为吴福辉赢得了巨大的声誉,一些前辈作家纷纷撰文或写信,对其嘉许有加。汪曾祺先生在看到吴福辉所编选的《京派小说选》之后,很兴奋,专门致信表示祝贺。信中称,"读了你的前言,才对'京派小说'这个概念所包含的内容有一个清晰的理解,才肯定'京派'确实是一个派",并称赞其选篇"不是选各家代表作,而是取其能体现'京派'特色者,这是很有眼力的。前言写得极好,客观,公允,而且精到"。冯亦代先生在《瞭望》上撰文,说得到吴福辉的《都市漩流中的海派小说》后,"捧读之下,大快朵颐,几年来寻寻觅觅,如今居然找到了自己的根……看完全书,真是'踏破铁鞋无觅处,得来全不费功夫',自己也是个中人"。从这两位名家的反应,我们仿佛得到这样一个印象,是吴福辉的精到、准确、公允的论述和提炼,使原本异常模糊纷纭的概念清晰起来,并使得作家们对号入座,各得其所,纷纷找到自己的定位和"归宿"。《都市》一书,是体现吴福辉选题特色、研究方法以至整个治学策略的代表作品。文学批评家杨义先生称该专著是将中等题目发挥到精彩极致的一个范例。文学研究中的中等题目,既避免了小题目的拘谨局促,又避免了大题目的大而无当,它具有丰富的学术层次,既可以在微观上用不太长的时间把材料搞得扎扎实实,精雕细刻,甚至用上乾嘉学者那种硬功夫;又可以在宏观上超越就事论事的境界,进行深入的理论把握,从一个独特的角度透视全盘,因而具有坚实和开阔两种学术品格。在这方面,《都市》无疑是部上乘之作。吴福辉的眼光相当敏锐,在复杂纷繁的文学现象中能够把握作家审美心灵深处颤动着的弦。对一些作家的评点,若老吏判狱,相当老到,若没有将作品吃透的功夫焉能胜任。在研究方法上,吴福辉极其注重原始素材的挖掘,尤其勤于翻阅原始报刊,他对1930年代的旧期刊如数家珍。闲谈之间,我注意到他案头堆放的整整十几大册《良友画报》,这便是他的功课,其治学之严谨缜密,令人感佩。翻阅原始材料报刊是现代文学研究的"基本功中的基本功",与单纯阅读后来的文集和选本不同,它是原汁原味的,未经过滤的,精华与渣滓并存。但正是这种精芜兼杂的情景,能使你逼真地看到当时的社会时尚、文人面貌和文学风气。吴福辉的治学,与那种看了几个选本,就搬来一大批时髦术语去硬套并大发妙论的做法,其坚实与空疏、深沉与浮躁之差,不可同日而语。这是真正的北大学风,吴福辉可以说是得其精髓。他的论文《三十年代人文期刊的品类与操作》《大陆文学的京海冲突构造》,其挖掘之深、搜剔之广,罕有人匹敌,尤其是后者,更以其鞭辟入里的解析和优美爽洁的文笔一举夺得上海文学奖。

谈兴正浓,话题自然转到北大师友身上。北大对这批"老童生"而言,已经不复是花前月下、湖光塔影般的浪漫情怀,但是由于紧迫意识所焕发出来的激情,却一点也不比弱冠小生逊色。历史造就了畸形的一代,然而不幸之中有幸运,他们得以最后见到老一辈学人的风采,一睹大家为学为人的风范。他们有幸聆听王瑶先生、林庚先生、季镇淮先生、吴组缃先生、王力先生等一批光彩照人的硕儒大师最后的教诲。他们客串听林庚先生在讲坛上忘情地长吟诗词,看他满黑板的漂亮潇洒的板书,到川岛先生家去问他同鲁迅的逸事,然后起劲地与比他们小十几岁的本科生一块奔教室抢座位,以便听到吴组缃先生场场爆满的小说史课。旧事重忆,吴福辉显得有点兴奋,两眼放光,先自开怀大笑了。谈及学友钱理群、赵园、凌宇、温儒敏等人,他更是神采飞扬,其中趣谈,不可胜记。他与钱理群同年,皆以鼾声响亮持久而闻名,每逢学术会议便同居一室,两

"鼾"无猜，怡然两得。这些同窗，都经历过人世沧桑，故格外珍惜彼此的友情。王瑶的弟子群内部之团结，阵容之强大，在文学批评界早有定评。他们相互汲取，也相互竞争；相互呼应，也相互激发；虽各具风格，却相处无间。吴福辉坦言，在"偷取"他的几位杰出同窗的治学方法和研究文字的独特叙述风采方面，他差不多是个成功者。

有人说："人到中年才开始学术生涯而成为卓有成就的学者，几乎可比拟为沙粒在蚌壳里磨滚成珍珠的过程。"这个过程充满痛苦，也充满诱惑。吴福辉感到这一代人的尴尬处境，但这种清醒并未使他局促不安，反而使他更准确地把握自己的宿命。先天的历史枷锁套结在他们的心灵之上，那上面磨砺着他们整个的青春岁月。但是这一代人是不知道什么是怨尤的，他们将苦难视为赐予，他们并不准备放弃与生俱来的理想主义。他们更珍惜也更认真反思这个年代曾给予他们的一切。吴福辉的身上，正是折射出一代人敢与命运抗争的坚韧和勇敢，这是一场颇具悲剧色彩的较量。"戴上枷锁的笑"，这是一个极具象征意义的绝妙比喻。

而新时期的学人身上普遍存在的批判情绪和对峻急的思想命题的关注，在吴福辉身上并不强烈。尽管他对现实的文化关怀和介入意识也相当强烈,但他努力保持一种平和温厚的鉴赏心境,一种澡雪过的空静的精神。他的平和正反映着他中年以后自信的心态。生命在一点点地消逝,而思想却仍在急剧地运转,他在内心渴望并幻想过一种无忧无虑、闲心读闲书的真正悠闲自在的文人生活。

文学馆的客厅里悬挂着鲁迅、巴金、老舍、艾青、冰心等文学大师的巨大的肖像,踱步其中,他是不是感到一种使命,一种压力?他曾说过:"既然不过是个零,就不应有太多与生俱来的负担。从这个世界上已经意外地得到这许多,我还能失去什么呢?"灯下卧读,看到这句话,不禁眼湿。

一九九七年四月

(吴福辉,男,1939年12月生,浙江镇海人。曾任中国现代文学馆副馆长。师从王瑶、严家炎、乐黛云,1981年在北大中文系获硕士学位,论文题目为《中国现代讽刺小说的初步成熟》。)

# 生命忧患与反抗绝望

## ——访北京大学中文系教授、著名学者温儒敏先生

> 北大有好的学风,是有自己"校格"的学校,每一个北大人都应该珍惜,都有责任让北大优良的校风一代代薪火相传。
>
> ——温儒敏

这是镜春园内一处极平易的住宅,深秋之时,繁华落尽,一片萧索。满院的秋菊,枯荣交错,偃仰俯卧,一任天然。主人的天性,恐怕是爱花的,可是于修剪经营之事似不经意。窗前几丛竹子长得尤其盛大,隔着窗户看去,竹影婆娑,很有一点韵致。主人蔼然可亲,与他叙谈的时候,他的语调始终舒缓平和,即使激动时也绝不高亢,正可谓温文儒雅,名

实相符。怪不得有位同窗说，与温老师一席闲谈，一身浮躁之气便扫荡殆尽，他的沉静的气质，别是一种不露痕迹的力量。

自一九七八年踏入燕园，二十个寒暑交替，从年方而立到知天命之年，他把人生最浓重的一笔写在了北大，北大，几乎意味着他的一切，这并不夸张。"让我说些什么呢？"他摊开两手，很率真地笑着；他并非故作谦逊避让之语，对于一个将身心性命都融入北大的人来说，想置身事外、心静如水地梳理关于北大的种种思绪，并不是一件容易的事。二十年中，他从青年到中年划过了一段深刻的轨迹。他虽然没有惊天地泣鬼神、足以彪炳汗青的大功业，可是，在这里，生命的历练、学术的造诣、信仰的抉择，一天天地走向丰满成熟，对此，他不能不对北大怀着深深的感激。"北大给予我的很多，我回报北大的太少"，这是他的心里话。

温儒敏对于他们那一代知识分子特有的人生背景与学术取向有着很清醒很客观的认识。他的童年，经历了崭新的中国的洗礼。中学时代，又怀着近乎朝圣者的忠诚与理想主义，经历着一次次运动，经历着饥饿、狂热、疑惑和对知识的渴求。高中时负笈他乡，在那间用两块半钱租来的潮湿发霉的小屋里，他编织着文学之梦，乐此不疲，身心俱醉。"读书使人感到精神上的满足与超越。"那一代人，对于艰难，有一种来自本能的坚强的抗御力与容纳力。当时他并没有"天将降大任于是人也"的悲壮的预想,在那种昂扬的精神里面,是没有任何功利主义色彩的。谈起少年时代远非美满的读书生活,他时常面露神往之色:"现在的年轻朋友往往用更现实而怀疑的眼光去看我们那一代的单纯与理想主义。不管怎样,我确实是在理想的激励之下度过那段艰难的岁月、发奋读书的,那时我很充实。"(《星花碎影》)他并不掩饰自己思想的"陈旧",而且执着地坚信,"富足,可能销蚀人的意志,助长惰性",所谓文"穷"而后工,并一再声称"为稻粱谋"与精神创造是不可同日而语的两个境界。侍坐聆听温儒敏的一席倾谈,尽管对于"板凳要坐十年冷"的古训仍然耿耿于怀,但对于那一代的理想主义,却不能稍置微词,而始终怀着由衷的崇敬。人非草木,谁能没有欲求?面对来自南方的颇有诱惑力的物质许诺,他一度也曾想另栖它枝,然而,每当清晨漫步燕园,未名湖上清新而自由的空气吹拂胸膛的时候,前夜的满腹牢骚便又烟消云散。他不无调侃地说,大学时代对于未来生活所有的梦想,不外乎一间书房,几册书,一架收音机而已。由现在看来,这三样东西颇富象征色彩:书房,代表着必要的生存空间;书籍,代表着精神的寄托与自由创造;收音机,则昭示着他们对于外部现实世界的强烈关注与参与的心态。这三个要素,不客气地说,几乎成为现代所有中国知识分子欢愉与痛苦的根源。季羡林先生曾经深有感触地说:"中国的知识分子是世界上最好的,也是磨难最多的。"诚哉斯言!

这的确道出了中国知识分子所面临的尴尬处境。也许是由于生存空间的熏陶,他们对于现实世界有着异乎寻常的热情与敏感,即使蜗居书室的冷静的学者也不例外。以天下为己任的责任感,在某些现代青年看来近乎虚妄而幼稚,可这种品质在他们身上却根深蒂固,几乎同对于磨难生活的隐忍宽容的态度一起,成为他们的第二种本能。过于强烈的主体意识和社会使命感决定了他们独特的学术取向——学术与生命,在他们那里合二为一水乳交融。忧患意识使他们很难对现实保持无理由的乐观与超脱,温儒敏戏称自己是"杞人忧天",钱理群对此也深有同感:"我们这一代人,在学术这匹马上驮了太重的东西,学问做得很苦很累。"当人们得知长于现代文学思潮研究的温儒敏极其热切地关注"文革"文学史的研究时,都大感不解。这实际上与他潜意识里的关注现实的入世精神是分不开的,从中也可以窥见乃师王瑶先生的影响。中国式的书生,往往自得于他们的"迂阔",而温儒敏们却完全不同,对他们而言,学术固然要求纯粹,但纯粹并不等于完全超然的技术操作。他们在其中贯注了深切的历史责任、他们的理想与人格。

谈及导师王瑶先生,温儒敏陷入深深的追思之中。他说:"王瑶师是一个很有精神魅力的人。"他忘不了在镜春园76号那间大客厅里,先生手持烟斗、吞云吐雾、上下古今神聊的得意神情;忘不了初次见面,听到先生一针见血、不留情面的批评时如坐针毡噤若寒蝉的窘态;忘不了导师对他的学术生涯一次次的引导与教诲。他尤其铭感于先生在最后的日子里对他的勉励,劝他振作精神,埋头著述,不必东张西望。"在先生弥留之际,他对人生对死亡有过许多形而上的思索,没有感到生命的虚妄,因为他同鲁迅一样,是很入世的,是富于社会责任感的。即使预感到死神将到,先生也还是对于事业的发展、青年的进步抱有信心。他同样不愿将恶劣的情绪传染给别人。"每当经过先生故宅,他便充满一种浓重的感伤与怀旧之情;同时,也似乎看到王瑶先生督促期待的目光,在学术上未敢稍有荒废懈怠。提起先生那句传遍全国的"不说白不说,说了也白说,白说也要说"的话,温儒敏先以诙谐之语出,继而意味深长地说:"不说白不说,意味着一种根深蒂固的自觉的责任感;说了也白说,是无可奈何的沮丧;而白说也要说,则是近于绝望的努力,不是道家的回避与引退,而是正视,鲁迅所谓反抗绝望是也。"一介书生所能做的,大概就是这些了吧。

秋色深沉,金黄的银杏叶飘落在小径之上,他喜欢一个人漫步,沉浸在一种静美空灵的境界中,与湖光林色融为一体。在他的心目中,北大极普通,就如同他自己的一部分;北大又是极其特殊的一个群落,挥之不去的自由的学术空气、精神的富足、雍容廓大的气象,在中国,具有这种气质的学府无疑是可贵的。温儒敏说:"北大学风的存在,对于中国是一种幸运,很难得,应该珍惜。"他推崇蔡元培先生"兼容并包学术自由"的精神,在他主持下的"子民学术论坛",自1996年秋开办以来,来自不同领域、持不同观点的学人纷纷登坛亮相,在此切磋砥砺,交相辉映,在燕园引起不小的轰动。对于年轻学者的学术创造,他总是坦言:"我可能不赞成他们的结论,但我赞成他们的存在。"海纳百川,有容乃大,他始终认为,在一个学科中,总要有冲锋呐喊者,激进也罢,荒谬也罢,他们的作用,在于示范,在于鼓舞整个学科的前进,在于整体思维的拓展与创新。他饶有兴趣地谈起王门诸弟子虽同出王瑶麾下,却能各具面目,相得益彰:钱理群的激越冲动,将生命体验注入学术;赵园的妙悟,以直观驾驭纷纭;再如吴福辉的机智细腻,陈平原的才气横溢,温儒敏的稳健严整,体现了现代文学研究第三代学者活泼多姿的气象。可是他们共同恪守着王瑶先生的治学风范:注重材料,并以敏锐深刻的史实去统率材料,于材料的搜集、淘选、比较、辨析中寻找内在的规律,得出水到渠成的合理论断。

身逢百年校庆,温儒敏不能不生出万千感慨。北大赋予他学术灵魂,给了他梦想和幸福,但是北大并非完美无缺,在现实的烧铸之下,他和北大一起,有着并不平坦的过去。他并非没有遗憾,但他一如既往地以一个书生、一个知识分子的社会良知去面对生命与学术。他处世平和,但决不苟从,待人老成,却不世故,于圆通之中自有板眼。"温文儒雅"四个字,并不能概括他性格的全部。正如世人多见陶渊明"采菊东篱下,悠然见南山"的闲情逸致,却忘了他也写过"刑天舞干戚,猛志固常在"之类的慷慨悲壮的诗句一样,温儒敏也有激愤昂扬的时候,只是不轻易流露,故而鲜为人知罢了。而今,过了50岁,他达观知命,淡泊名利,自信而且从容。他仿佛进入一个丰硕的收获季节:已发表专著四部,论文百余篇,洋洋百万言,其中《新文学现实主义的流变》和《中国现代文学批评史》两书,被学术界誉为新时期以来研究文学思潮与批评"坚实而有创见"的专著,被国内外许多大学指定为现代文学专业研究生必读书,而且均被翻译到海外,在异国引起反响。除了写书教书,他还身负繁重的行政工作,担任中文系主任,曾任北京大学出版社总编辑。他说,因为做事太认真,不见得合适"当官",何况行政事务对于自己做学问有很多耽搁。然而学校指派自己做,没有二话,即使对个人的学问有些损失,也得认真去做。这是一种责任感。他对自己并不满意,"独上高楼,望尽天涯路",学术无止境,事业无止境。对于北大,对于自己,他在沉静的审视中寄寓着希冀。他最喜爱电影《乡村女教师》中孩子们唱的一首歌:

"……身上披着破棉袄。向前看,别害臊,前面是光明的大道!"

一九九七年十月

(温儒敏,一九四六年二月生,广东人。师从王瑶,一九八七年北大中文系获博士学位。论文题目为《新文学现实主义的流变》。北大中文系教授,博士生导师,曾任北大中文系主任、北大出版社总编辑。)

# 推翻历史三千载

## ——记北京大学著名考古学家邹衡先生

一杯清茶,满屋书香,先生的寓所一如他的为人,简洁明爽而富有书卷气息。这是一位蔼然长者,一位几分钟便会让你的拘谨荡然无存的长者。日光灯散出柔和的光,照着书桌上面厚厚的文稿,可知他在炎热夏日的中午仍伏案不辍。

### 一、郭沫若——学术灵魂的导师

> 烟圈沿着手指缘绕,漫过他饱经风霜的脸庞,袅袅地上升,似乎把人带到一个幽深遥远而

又弥漫了无限怀想的时代。他深情地说:"郭老是我学术灵魂的导师……"

1927年,邹衡生于湖南省澧水之滨。中学时代,他伴着抗战的烽火长大,饱尝了颠沛流离的滋味。1947年,年方弱冠的邹衡如愿考入北京大学法律系,圆了他的少年"红楼"梦。

人生常有这样的"偶然":偶然的一瞥,也许促成一对厮守一生的伴侣;偶然的一个抉择,也许奠定一生的基业,画定一生的航线。1949年,中国人的一个选择,对于这个民族的意义不言而喻;而邹衡先生的一个选择,对于他的人生而言,也是具有同样重大的意义。这一年,邹先生抛弃了公费优厚、"前程"远大的法律系,毅然转入史学系学习。这一段逸事引起我们极大兴趣。谈及往事,邹先生兴致盎然:"这要得益于当时宽松自由的办学气氛。刚进北大,我们就像刘姥姥进大观园,处处觉得新奇,到处是新鲜未知的东西。"当时先生的兴趣十分广泛,在北大这片知识的海洋里,他如鱼得水,畅游无碍。邓广铭先生的历史课,胡适先生的《水经注》讲座,许德珩先生的社会学,贺麟先生的《黑格尔》,郑振铎先生的小说课,他都听过。在这种广收博取的潜移默化的熏陶之下,他的兴趣迅速地朝着文史哲方向发展,而对法律的"感情"却日渐淡薄。郭沫若有关历史与考古的著作,尤其使他如痴如醉,不能自已。虽然像《卜辞通纂》《两周金文辞大系图录考释》等专著对于"外行"的他显然过于艰深曲奥,然而他却不以为苦,硬着头皮啃下去,兀兀穷年,乐此不疲。"我对郭先生的著作很拜服,完全被他的学术风格和学术精神所吸引。我也同时看到他学术上的遗憾,他终生未解决的难题。我当时就立志顺着他的路走下去,发展下去。"这是何等大胆的预感,何等惊人的气魄!他还提到当时北大图书馆馆长向达先生,以及史学界的前辈郑天挺、夏鼐诸位先生,是他们直接促成了他的抉择,这一抉择,也许使中国少了一个默默无闻的法官,却从此造就了一位考古学的大家。

## 二、千磨万击还坚劲,任尔东西南北风

说起那段不堪回首的岁月,他的神情却像在讲一段幽默小品。他开心地笑着,那是怎样一种解脱,一种调侃,一种潇洒。他不无自豪地"声

称":"我当年是鸡鸭鹅总司令……"

同北大许多老学者一样,邹先生经历了建国以来多次运动的"考验",所受的磨难可以想见。然而从他的神情,他的言谈,我们却感受不到一点喟叹,一点哀怨,甚至连一丝微微的感伤的痕迹也觉察不到。但在这种乐天的情绪背后,我却看到了一种坚忍的品格,一种自强不息的精神,一种对于事业坚贞不渝的热情和对于未来的信心。即使最艰苦的时刻,先生也从未放弃对于学术的热爱。每当夜阑人静、万家灯火俱灭的时候,正是他孜孜不倦、沉浸于考古的天地中的时候。闲谈之中,邹先生还想到当年在江西劳动的逸事,笑称自己是"鸡鸭鹅总司令",而副手只有两个:一个是陆平,一个是戈华,都堪称当时鼎鼎大名的人物。

学术研究,需要坚忍不拔的精神与持久不懈的毅力。朱德熙先生曾说:"真正潜心学术的人是要把生命放进去的。"对于邹先生,这并非虚妄之辞。1976年大地震之时,一到夜晚人人熄灯避险,只有邹衡先生一人仍稳坐"渔船",心无旁骛,挑灯伏案,不为所动。对于考古事业的执着追求,已使他无所畏惧了。

## 三、卅年铸剑苦,剑剑锋芒出

这位当初学法律的年轻人,不久便使世人另眼相看。回想起四十年的学术生涯,先生不无欣慰,不无自信。他推了推厚厚的眼镜,幽默地说:"我是从千军万马中打出来的……"

1956年,中国考古界的权威刊物《考古学报》发表了邹先生的论文《试论郑州新发现的殷商文化遗址》,引起学术界不小的震动。在这篇论文中,这个初出茅庐的年轻人,第一次明确地提出了殷墟的年代和分期,用无可辩驳的考古事实,证明了郑州商文化中期早于殷墟文化,这在当时(特别是国外)不啻耸人听闻之说,于是非议迭起。经过十几年的论战,这一观点才逐渐为国际学术界所接受。1959年,他又通过对洛阳王湾新石器遗址的发掘、整理和研究,首次将中国新石器时代的仰韶文化和龙山文化进行了系统的分期,并解决了二者的过渡关系。进入1960年代,邹先生对殷墟进行了更为详细深入的研究。殷墟这块充满魅力也布满疑点的地方,曾吸引多少代学者为之痴迷,为之付出血汗,而对于殷商铜器的分期,则是疑点中的焦点。从北宋的金石学家，到清末的王国维，只是浅尝而已；而郭沫若，这位蜚声中外学力深厚的商周考古专家，也望而却步，成为一生之憾事。清华大学教授、著名考古学者陈梦家先生这样对邹先生说："我一辈子也没有搞成，你何必再搞！"言下之意，不言而喻。然而，这位刚过而立之年的年轻学者却搞出来了，在第二篇论文《试论殷墟文化分期》中，他首次提出了商代铜器的详细分期，解决了学术界长期悬而未决的一个难题。邹先生这些石破惊天的创见，以后无一不经受住了大量发掘材料的检验。

邹先生的研究并未停在殷墟之上徘徊，他的深邃思绪，正在探索着中国文明更为悠远的源流。于是 1970 年代，他把目光转向了夏文化。1977 年，他首次提出并论证二里头文化就是夏文化和漳河型文化为先商文化；在此前后的一系列论文（《试论夏文化》《论商都》《论夏地望》《论夏商时期北方邻境文化》）中，他对夏文化进行了全面、详尽的论定，成为有关夏文化论争中的扛鼎之作。与此同时，他的商周文化研究也取得突破，首次提出并全面论证了先周文化，并首次确定先周铜器。1979 年，邹先生发表了《商周考古》一书，集现代有关商周考古研究之大成，初步形成了商周考古的学术体系，是我国第一部商周考古综合论著。进入1980年代以来，邹先生更是老当益壮，成果辉煌。1979年和1984年，他第一个提出郑州商城即汤都亳、偃师尸沟商代城址是商代的陪都而不是商代首都的论断，引起学术界很大反响。十几年来，他撰写论文近四十篇，其中尤以《晋豫鄂三省考古调查简报》《偃师商城即太甲桐宫说》《西亳与铜宫考辨》《论菏泽（曹州）地区的岳石文化》为代表，其考证之缜密，见解之精辟，堪称考古学界的楷模。

我总是觉得，我面对的是一个斗士，而不仅仅是一个学者。他挥舞着手中的利剑，不断斫杀着谬误的旧说，剖露着历史的本来面目。

## 四、"推翻历史三千载"

> 先生盘腿坐在沙发上，谈笑自如，我的脑海里立即浮现出著名作家萧乾先生那张幽默机智、安详和蔼的弥勒笑脸。他左手一挥，说道："班固郑玄都搞错了……"

国画大师齐白石曾刻过一枚印章，曰"胆敢独造"，表明他在艺术上的宏大气魄,柳亚子先生也有过"推翻历史三千载"的豪句。在学术研究中,何尝不需要这种气魄、这种胆略?"搞学术要有自己的分析,要敢于提出挑战",这是邹先生的气派。正是这种敢于挑战的"狂妄之气",使他面对王国维、郭沫若、陈梦家、容庚、李济等大师而毫无惧色,独树一帜,独辟蹊径,大胆提出见解,从而在考古学界奠定了自己的学术地位。他的成功的历史,就是不断创新的历史,就是突破前人窠臼、勇于独造的历史。

邹先生既服膺权威,又不怕权威,不但不怕现代的权威,而且不怕古代的权威。1980年代,根据对山西南部曲沃县晋国遗址的深入发掘与周密论证,他大胆地作出晋国不在太原而在天马—曲村的结论。这一论断的震撼非同小可。晋都位于太原之说,早在东汉的班固、郑玄时期就已经确定,以后诸朝都沿用此说,故后来有晋祠之建立,于是以讹传讹,穿凿附会,几成定论。而邹衡竟敢对班固提出异议,岂不是"太岁"头上动土?是的,只有邹衡有此胆量。十五年来,以邹先生为首的考古学者,以文献记载为线索,应用现代考古学方法,经过周密调查和大规模发掘,证实了先生的论断,终于使这个埋没近两千载的晋国古都重见天日,堪称中国学术界一大盛事。

关于夏文化的论争可以说是邹先生一生中最重大的事件。夏文化是关系到中华民族文明起源的大题目，在国际学术界，几乎是众口一词否定夏文化；而在国内，对于夏文化的具体地域和时期也存在着重大分歧。1977年，邹先生的论断石破天惊，他首次提出偃师二里头文化一二三四期全部是夏文化，顿时掀起学术界一场轩然大波，一时对手如林，非议频出。然而，在经历了国内外学术界十几年的"围剿"之后，先生的论断仍"我自岿然不动"，经受住了历史的考验。"天塌下来我也不怕，我希望别人都反对我。"邹先生对笔者这样说的时候，是那样自信，那样坚定：因为他握住了真理。

"大胆假设，小心求证"，胡适先生这句治学格言使他终生受益。不因循守旧，不拜倒在权威脚下，大胆否定前人旧说，这只是邹衡先生学术精神的一方面；另一方面，作为一个正直、诚实的学者，他也不惮怀疑自己、否定自己，抛弃自己学说中的错误。超越别人诚然不易，超越自己则更难。他说："搞学术没有不犯错误的，要勇于修正错误，抱残守缺只会故步自封。"邹先生从架子上抽出一本《殷都学刊》（1988年第一期），笔者在他为参加1987年9月在安阳召开的"中国殷商文化国际研讨会"所作的《综述夏商四都之年代和性质》一文中看到这样一段话:"我以往在几篇文章中都曾推断郑州商城处于二里冈下层偏晚阶段,即郑州'早商期第二阶段第Ⅲ组',现在看来是错误的。应该依照陈旭和郑杰祥两同志的意见,改为郑州'先商期第一阶段第Ⅱ组'……。"短短的一段话,字里行间透着诚恳的态度,透着一位学者严谨求实的科学精神。

## 五、治学唯勤谨,育人见苦心

> 有幸与先生同进晚餐,桌上少不了一罐湖南人钟爱的辣子。他边吃边说:"我这个人其实很笨,我做的是死功夫……"

谈到治学,邹先生强调要处理好"广"与"精"的关系。做学问须广泛涉猎各科,不能囿于一门一家;视野要广阔,趣味要宽泛,如此才可做大学问,做活学问。在这种广博的吸取之中,也许会突发灵感,由此悟彼,举一反三,达到意料不到的境界。比如他的《偃师商城即太甲桐宫说》这篇论文的萌芽,就是"文革"期间一次在石景山劳动休息时浏览汉代哲学家董仲舒的《春秋繁露》时突然发生的。看似妙手偶得，实是经过长期的"博取"所致。除了广博之外，邹先生还要求精。中国古籍繁富，浩如烟海，不可尽览。对于一些重要典籍，邹先生反复披阅，不厌其烦。青年时代便熟悉的《卜辞通纂》，他至今仍在研读，厚厚一本大书布满了他的圈点和注解，其刻苦勤谨之风可见一斑。

"工欲善其事，必先利其器"，在长期的学术研究中，邹衡先生形成了自己独特的一套方法，其中最引人注目的要数他的卡片制作。笔者看到一面书架上，三十几个卡片箱依"历史""古器物""文字""地望"等分类排列，井然有序。每一箱内，又按不同需要进行不同分类，真是一丝不苟，查阅资料顷刻可得，在别处"踏破铁鞋无觅处"，在他这里却"得来全不费功夫"，先生的研究成果，得益于此甚多。

几十年来，邹先生在燕园悉心耕耘，诲人不倦，培养了大批考古界的俊才，有许多已是国内外知名的学者和专家，如现任北大考古系主任兼赛克勒博物馆馆长李伯谦教授便是他的高足。如今，他带着五个博士生，数目之多在北大也是屈指可数，"润物细无声""桃李满天下"，这是先生应该引以骄傲和安慰的。学海无涯，后继有人，这是邹先生之大幸，也是学术之大幸。

从先生的寓所出来,已是满天星光灿烂的时候。这六个多小时,邹先生侃侃而谈,兴致不减,其过人的精力,敏捷的思维,朴实洒脱的风格,给我留下了极深的印象。先生行色匆匆,五月二十七日他要参加北大赛克勒考古与艺术博物馆的开馆仪式以及一系列研讨会,六月份又要重返曲沃,继续他在那里进行了十五年的发掘研究工作。老而弥坚、雄心不减当年的邹先生,您的下一柄"剑"是什么?我们期待着中国考古界再一次"石破天惊"。

一九九三年

(邹衡,1927—2005,湖南澧县人。著名考古学家、北京大学考古文博学院教授、中国殷商文化研究会副会长、中国考古学会常务理事。1947年考入北京大学法律系,1949年转入史学系,1952年毕业于北京大学史学系,1955年获得北京大学副博士学位。研究生毕业后分配到兰州大学,1956年调回北大历史系任助教、讲师、副教授、教授、考古系新石器时代-商周教研室主任,先后当选为考古学和先秦史学会理事、商文化学会副会长。1986年起为北京大学考古文博学院考古学专业博士生导师。）

## 附：七古怀邹衡先生
### 2014 年 2 月

澧水岸边生奇士，倜傥率真不阿世。
饱学五车性刚猛，傲视千年求真知。
醉心商周惯疑古，班固郑玄等闲视[1]。
石破天惊出新见，不畏后生蔑权势。
推翻历史三千载，大师风范堪仰止。
浑将性命捐考古，深夜地裂秉烛迟。
孜孜矻矻尽为学，薪尽火传慰先知。
犹忆当年谒师庐，解衣盘礴谈笑时。
纵横捭阖立学坛，胸廓肠热真名士。

---

[1] "饱学五车性刚猛，傲视千年求真知。醉心商周惯疑古，班固郑玄等闲视"两句，意表邹衡先生不畏先人成说，不囿于权威定论而自出新见而已，非谓先生不尊重前贤也。

六十年来无遗恨，夏彝商鼎犹勒石。
海岳气象熏来者，高风百代悬月日。

# 精神明亮的人

——赵靖先生的生平与学术

赵靖先生是我所见的最为沉静、单纯的学者之一。他身上有一种纯真而质朴的气象,犹如溪水一样简单而洁净。他不事交游,潜心学术,对于外界的纷扰从来不稍措意。他勤恳,甘于寂寞,做别人认为岑寂枯燥而生僻的中国经济思想史研究,几十年心无旁骛,其意志与功力实是罕见。他绝对是这个领域有开创和奠基之功的大师级人物,著作等身,海内知名,但他依旧是寂寞的。我惊奇于他的执着和坚定,带着山东人特有的倔强和顽固。有时候,我又生出莫名的感慨,现在像赵靖先生这样的视学术为生命、能够抗拒外界诱惑的学者真是太少了。外界在他的面前引退了，学术的光芒遂显得格外灿烂而澄澈。赵先生去世了，我们失去了一位伟大的学者，一个毕生致力于学术的榜样，但是他的精神和著作将永在。这篇旧文初稿写于十四年前，以后多次修订，谨以此纪念赵靖先生。

——作者题记

北京大学经济学院在学术传统上素以史论见长，中外经济思想史领域的研究均对中国的学术事业做出过重要的历史性贡献。外国经济思想史领域中，以哈佛大学留学归国的经济学泰斗陈岱孙先生为中流砥柱，而谈到中国经济思想史，赵靖先生则无可置疑地堪称这个领域的奠基人物。赵先生不但在很长时间里是北大中国经济思想史领域的带头人，同时也是全国中国经济思想史研究的倡导者与引领者。作为经济学院培养出来的学生，我对赵靖先生的学术思想和成就一直怀着一种特殊的敬重。我还记得在读研究生的时候第一次拜访赵靖先生的情景。那时京城的三月，还是春寒料峭、凉气袭人的时节。骑车去中关园的路上，风吹得我不辨天日，我竭尽我的想象力，勾画着素未谋面的赵先生的面貌。门铃按响,一个身材高大的长者迎出来,一双大手与我冰凉的手紧握,并用我熟悉的山东口音说道:"我就是赵靖。"那种温暖的感觉给我留下深刻印象。后来,我的访问记发表于北大版《五人丛书》中,后又收在我的随笔集《燕园拾尘》中。现在的经济学院学子,可能了解赵靖先生的并不多,我愿我的文字能够有益于年青一代了解这位有着崇高学术成就和人格魅力的老一辈学者。

## 一、颠沛流离的童年·亡国之痛·乔装千里苦奔劳·不名一文的燕大学生·"学的都是洋人的"

1922年9月16日,赵靖先生出生于山东济南,那个素称"四面荷花三面柳,一城山色半城湖"的美丽的泉城;然而,留在他脑海里的童年和少年的记忆,却并非同样美丽。二三十年代的中国,军阀混战,中原遍地鬼哭;内忧外患,处处民不聊生。那是一个怎样的时代啊!1927年,发生了震惊中外的五卅惨案,次年,日军占领济南,时任旧军队中级军官的父亲于战乱中病逝。国家的苦难,家庭的不幸,在他幼小的心灵里留下了深刻的烙印。有一幕情景使他永生难忘。那是1931年9月的一天，他放学回家，猛然见母亲（当时是一名小学教员）正和几个教员一起，一边读报，一边流泪。他上前询问，才知道"九·一八"事变，中国的东三省被日本人占了！这件事给他留下了不可磨灭的印象，不足十岁的他，似乎也隐约感到了家国之痛，感到了作为一个中国人的深深的耻辱。

  他的小学，是在随母亲像候鸟一样不断迁徙的日子里度过的。1937年，济南沦陷，少年的赵靖，便饱受了做亡国奴的滋味。1939年初，他入齐鲁中学就读。齐鲁中学是一所教会学校，一些不愿为日本侵略者服务的爱国教师纷纷来此授课，不少爱国的学生也聚集在此。在课堂上，教师以各种形式宣传抗日爱国主张，学生们深受教育，赵靖先生也从这些爱国言论中备受鼓舞。1941年他以优异成绩毕业，被保送到燕京大学经济系。然而书没有读多久，12月"珍珠港事变"，太平洋战争爆发，燕大停课，他不得不背着行囊返回山东老家。之后为了逃避日寇迫害，又不得不乔装改扮成学徒，随商队西行，绕过黄泛区欲往甘肃投奔哥哥。说来也巧，一日路过宝鸡，他偶然发现一则"基督教青年会"的通告，上面写着"原燕大复校成都，内迁学生可到青年会报到"，真可谓绝处逢生，此时的赵靖，衣衫不整，身无分文，报到时差点被误以为是"冒牌"的江湖骗子！

就这样，他又开始了读书生涯。在燕京大学经济系的学习，奠定了他以后从事学术研究的基础。他在艰苦的生活中刻苦自励，除阅读经济学专业的书以外，还博览了大量的文史书籍，包括多种子书集成、二十四史、《资治通鉴》等。这些积累，对于赵靖先生以后从事中国经济思想史研究有很大帮助。1945年，赵靖先生从燕大毕业后，考入当时在重庆的南开大学经济研究所，抗战胜利后，南开经济研究所迁回天津。赵靖先生在南开潜心攻读经济理论、经济数学和经济思想史等课程，并泛览了大量中外经济学书籍。1946年，他开始撰写研究生毕业论文《美国制度学派的经济思想》，并于1947年获得硕士学位。之后，赵先生在南开大学经济系讲授国际汇兑课。1948年7月，他来到燕京大学任教，主讲经济学原理和财政学等课程。

提到大学和研究生期间的学习，先生说道："当我开始对经济学及西方的经济思想有了一定了解之后，就产生了一种想法：为什么经济系的课程讲的都只是外国的东西？中国有几千年的历史，有悠久的文化，难道中国人自古就只知过经济生活而不思考经济问题，就没有经济思想吗？"

这时,他从图书馆的目录卡中见到甘乃光、唐庆增等人的著作,不禁欣喜若狂,于是如饥似渴地读起来。然而,在翻遍《先秦经济思想史》(甘乃光,1924)、《中国经济思想史》上卷(唐庆增,1936)等书之后,他却感到茫然不得要领,尽管当时他并不能看出其中的症结所在,但书中体系的支离与逻辑的牵强,不能不使他深深地失望。

## 二、中国经济思想"无一顾之价值"?!·和璧随珠,货弃于地·请缨上阵,初探"桃花源"

从1949年到1958年,赵靖先生的主要精力放在研读马克思主义经典著作,并在一些重要学术刊物上发表了许多有影响的学术论文,涉及中国经济的多个领域。他开始在燕大经济系主讲马克思主义政治经济学课程,还开始尝试以马克思主义为指导改革财政学课程体系。1952年院系调整之后,他来到北京大学经济系任教。从1952年到1958年,赵靖先生在《新建设》《经济研究》《学术月刊》等全国性学术刊物上发表多篇论文,对财政预算制度、过渡时期的地租、社会主义价值规律等重要课题进行探讨。同时,他还深入农村，对农业多种经营、农村劳动力使用等问题，进行实地调查研究。

从1959年开始，赵靖先生开始将自己的教学和研究工作转到中国经济思想史领域。他通过阅读大量的文史资料，认为中国是世界文明最早的发源地之一，十六世纪以前经济、文化的发展长期居于世界的前列，为人类留下了极其璀璨的文化遗产，而中国经济思想的历史遗产，是其中很值得珍视的一部分。然而长期以来，不但外国人士对中国的经济思想颇感陌生，就是中国的学者也所知无几。有的西方学者断言，包括中国在内的东方国家的古老文化中"没有足以同中世纪西方的经院学者们在经济分析方面所作出的良好开端相媲美的东西"（见欧·泰勒《东方经济思想及其应用和方法》）。旧中国一位大学经济学教授也曾说，中国经济思想遗产"与今之欧美科学相比较，本无一顾之价值"（见赵兰坪《近代欧洲经济学说·自序》）。甚至连一位曾发表过中国经济思想史著作的人也说，他认为研究中国经济思想史所能够提供的"主要利益"之一，便是可能使中国人"自知不足"（甘乃光《先秦经济思想史》）。

这种妄自菲薄的论调在当时十分盛行，至今提起来，赵先生还是不无遗憾和感慨："中国这么一个泱泱大国，在公元前三世纪秦统一六国时,已拥有两千余万人口和数百万平方公里疆土,此后近两千年,中国一直是世界最大的封建帝国。如此伟大的古代民族,如此发达的古代经济文化,怎么可能没有像样的经济思想遗产?中国人的经济思想怎么会浅薄贫乏到'无一顾之价值'呢?"其实,早在公元前六世纪至前三世纪之间,中国经济思想已达到一个群星竞辉、百家争鸣的阶段;儒、墨、道、法、农、商诸家都较为完整地提出自己对经济问题的见解,在财富、分工、交换、价格、价值、货币、赋税等范畴以及某些经济原理方面的分析,较色诺芬、亚里士多德等古希腊学者也并不逊色;秦汉以降,贾谊、司马迁、桑弘羊、王符、李觏、王安石、邱濬、黄宗羲、王源等人在经济思想方面代有建树,成就可观。而且,许多重要的经济、财政方面的观念和原理,如合理利润率、货币数量说、货币流通速度,财政上量出为入原则以及经济政策方面的干涉主义和放任主义等,中国人的发现都先于欧洲,中国古代反映货币拜物主义的作品,远比欧洲更早、更多、更深刻。怎么能"言必称希腊",说中国经济思想"无一顾之价值"呢?

　　从青年时代,赵靖先生就对这种学术倾向非常反感,这种民族自尊成了他研究中国经济思想遗产、发掘前人经济思想精华的最初动力。正如他在《中国古代经济思想史讲话》前言中所说的,看到中国经济思想"和璧随珠,货弃于地",他感到无比的痛心和深深的内疚。究其原因,赵先生认为有二:一是我国学术界对中国经济思想的历史遗产的发掘、整理和介绍工作,都做得不够;中国经济思想遗产异常丰富,文献汗牛充栋,且非常分散,更重要的是,这些文献大部分都用古奥难懂的古汉语写成,即使中国人看起来都感到难以索解,更不必说外国人了。二是受殖民奴化思想影响,西方国家对中国经济思想有许多误解和偏见,而某些国人也丧失了民族自尊心和自信心,对外来文化盲目崇拜,而对本民族的文化妄自菲薄,产生了严重的民族虚无主义心理。

作为一个经济学者,赵靖感到了一种责任。1940年代后期,他执教于燕京大学。解放后,又执教于北大经济系,长期担任政治经济学的教学工作。虽然很长一段时间以来,他未能下功夫研究中国经济思想史,但在考虑经济学理论方面的问题时,往往就自然地同他所知道的中国古文献中的事例结合起来,从而感到深有启发、耐人寻味。1950年代末,时任高教部副部长的黄松龄到北大来,认为北大以文史见长,在后继乏人的中国经济思想史方面大有可为之处。赵靖自幼喜读古籍,在这方面有相当基础,于是请缨上阵,勇敢地挑起了这副重担,在国内首先开设了中国经济思想史课程,从而迈出了艰苦的第一步。就这样,他踏入了这片少有涉足的"桃花源"。但他却不想做《桃花源记》中的渔人。他已深深地爱上了这一园地,再也不愿离开;他不想学陶渊明、刘子骥之类的"高尚士",幻想寻求一片脱离现实的"净土",而恰是要竭尽自己的全部心血,从深层中挖掘出埋没已久的"奇珍"。

### 三、筚路蓝缕,以启山林——艰辛的开拓·从"遥看一处攒云树"到"近入千家散花竹"·子弟兵上阵

与中国哲学史、中国文学史等学科相比较而言,中国经济思想史是一门比较年轻的学科,自二十世纪二十年代以来,数代学者在这片园地上辛勤地耕耘,既有过山重水复,也有过柳暗花明;既有过举步维艰、胼手胝足的艰难开拓,也有过绝处逢生、大步向前的欣悦。想到几十年的风雨历程,赵先生怎能不感慨万千?

他眼睛望着窗口那阳光照射进来的地方,我说不清那

是一种多么深沉的缅怀。追本溯源，先生首先想到了这门学科的首倡者、学贯中西的梁启超先生。早在1902年，梁就在《论中国学术思想变迁之大势》一文中表示："余拟著一《中国生计学史》，采集前哲所论，以与泰西学说相比较。"可以说，梁是中国近代提出建立中国经济思想史这门学科设想的第一人，是这门学科的先驱者。二十余年后，1924年，甘乃光发表了《先秦经济思想史》一书，这是中国近代出版最早的中国经济思想史专著。之后，熊梦龄、唐庆增、夏炎德等人相继出版了有关先秦以及近代经济思想史的著作。对这些前辈的开创性工作，赵靖先生始终怀着极大的敬意。但是，他同时又感到，无论从学术体系、研究方法还是指导原则上，他们都有着明显的缺陷。由于各方面因素的限制，在解放前，始终没有出现一部叙述完整、贯通古今的中国经济思想史著作，未编出一本汇集较多文献的资料书，没有形成一支稳定的专业研究队伍，也没能建立起一个具有较强学术实力的教学研究基地。那时，中国经济思想史研究的工作，有如大漠中的河川，流出一段距离，便埋入地下，始终未能作为一门独立的学科形成并存续下来。

受命重新开拓这一学术领域的赵靖，率领自己的一班人马，在这片疆场上开始了默默的搏战。经过三年努力，

1964年至1966年,由他和南开大学易梦虹主编的《中国近代经济思想史》上中下三册终于陆续由中华书局出版。这是解放后首次出版的一部关于中国近代经济思想史的系统教科书。之后,许多学校以此书的内容为依据开设中国经济思想史课程,赵靖在北京大学率先招收了我国第一代中国经济思想史研究生。在这段时间,赵先生还撰写了有关严复、康有为等人经济思想的研究论文,分别发表于《人民日报》《经济研究》和《北京大学学报》等报刊上。

在总结经验时,赵先生幽默地说:"我们有两个法宝。一是年轻气盛,所谓'初生牛犊不畏虎';二是'子弟兵上阵',师生融洽,观点一致,自然一日千里。"这些"子弟兵"中,曾任北京大学经济学院院长的石世奇先生就是其中一个。还有另外一个更重要的原因,那就是这个时候,赵先生掌握了历史唯物主义这个犀利工具,从而使他深深地懂得了对待历史遗产的正确态度,懂得了民族虚无主义对国家、民族前途的危害,并自觉运用历史唯物主义的方法去开拓中国经济思想史这片广漠无边、荆棘遍地的荒原。讲到这里,赵先生呷了一口茶,说道:"其实经济思想并不是什么高不可攀的东西,以历史唯物主义观点来看,它只是一定时期内经济活动在人们思想中的反映。唐庆增、甘乃光等前辈的缺陷之一,就是他们不能运用历史唯物主义,而用西方经济模式之框硬套中国经济思想,因而也就免不了要陷入支离破碎、望文生义的境地。而运用历史唯物主义,在研究工作中就有了事半功倍的效果。"这样,在过去读过的许多古书中,赵先生惊奇地发现了从未意识到的精彩的经济思想;过去未曾读过的文献,一经披览也能比较容易地发掘出经济思想方面的宝藏。先生此时的心境,正如王维在《桃源行》中所说的:在未找到洞口时,是"遥看一处攒云树",不知所向;而一旦找到并穿过洞口,就豁然开朗,置身于"近入千家散花竹"的人间仙境。

赵靖先生的一系列学术思想奠定了中国近代经济思想史的基本研究框架和方法基础。从经济思想的性质和内容来看,赵靖先生认为近代经济思想史的研究范围应该是旧民主主义革命阶段的经济思想,这个时期起进步作用的主要经济思想是中国资产阶级的以及某些具有资产阶级倾向的经济思想。赵靖先生认为,要注意把握中国近代社会经济的主要矛盾是半殖民地殖民地道路和独立自主的发展道路之间的斗争,这一矛盾在经济思想领域的主要体现是外国资本主义和帝国主义的经济侵略问题、封建土地所有制和封建主义剥削问题以及民族资本主义的发展问题。中国近代思想史上的代表人物，都不能不对这些基本问题表明自己的态度。要判断某一派别、某一人物的经济思想中的积极因素和消极因素，要考察经济思想在不同时期的发展变化，也必须以其对上述几个基本问题的态度作为主要依据。在中国近代经济思想的来源方面，赵靖先生认为，中国近代经济思想既从中国古代，也从西方资本主义国家获得了思想材料。近代的进步经济思想继承了古代进步经济思想中的批判的、要求改革的和富有理想的传统，尽量从古代经济思想中寻找对自己有用的材料，为批判封建主义和发展资本主义服务。但是，中国古代进步的经济思想，就其本质来说却是封建主义的，它不可能为中国近代资产阶级民主革命提供直接的思想武器，也难以直接适合资产阶级人物表达其发展资本主义生产的要求。因此，近代的进步经济思想不能不更加着重于向西方资产阶级国家寻求理论武器，这就决定了中国近代进步经济思想必然具有"向西方国家寻找真理"的特点。在中国近代经济思想的表现形式上，赵靖认为中国近代直接的经济思想材料相当丰富，经济思想比较发达，在许多经济问题上，已形成较为系统的经济学说体系，但尚未成为一门独立的科学——政治经济学。经济思想的很大部分不是以经济论文和经济著作的形式出现,而是直接体现在各种政治纲领、经济政策以及其他各方面著作中。而且近代经济思想代表人物总是从中国社会所面临的现实经济问题出发,提出自己的经济改革方案或主张,并对这些方案主张进行一定的理论说明或论证,而对抽象的经济范畴的分析和探讨则较少。赵靖先生这些开创性的理论见解,基本确立了中国近代经济思想史的研究模式,为中国经济思想史学科奠基工作作出了重要贡献,在今天的中国近代经济思想史研究中,仍然有着重要的学术指导意义(石世奇、郑学益:《赵靖文集》代序,2002)。

正当赵靖及其"子弟兵"兴致勃勃、热火朝天地把他们的研究工作向前推进的时候,1966年,"史无前例"的"文革"开始了,中国经济思想史这门学科的初步基础刚刚建立就横遭摧残:各学校和研究机构的中国经济思想史的教学和研究工作几乎全部停顿,研究成果及积累的资料遭查封,专业队伍相当一部分被迫转业。当时赵靖先生主持编写的《中国近代经济思想资料选辑》进展过半,却被无理地没收、查封了,在北大四院那间昏暗的房间里,与许多学者的心血在一起,悄然无声地湮没着。

## 四、故纸堆中的意外"收获"·又逢一季春光好·通古今之变,成一家之言:第一部《通史》

十年,人生能有几个十年,尤其是在宝贵的青壮年时代!赵先生一声叹息,代表了中国知识分子多少的遗憾和感喟!

唯一使赵先生欣慰的是那部手稿的失而复得。"文革"后期,赵先生一次"奉命"清理北大四院"故纸"。怀着一丝侥幸,赵先生翻检着那些埋没多年堆积如山的文稿和资料,心里默默产生一丝希望之光:说不定能找到那部文稿。真是天遂人愿,尽管难似海底捞针,但赵先生还是发现了它——文稿已缺失三分之一,但它毕竟重见天日了。

"文革"结束了,噩梦终止了,"野火烧不尽,春风吹又生",中国经济思想史的研究很快又出现了欣欣向荣的局面,各种活动空前活跃,研究成果层出不穷,赵先生也焕发了第二次学术青春。1980年,由赵靖、易梦虹主编的《中国近代经济思想史》出了修订版。1982年,依据那部残稿,赵靖与易梦虹一起,整理出版了《中国近代经济思想资料选辑》,这是一本达百万字的大型资料书,是中国经济思想研究工作中第一部完整的文献资料汇编。1985年,由赵靖先生主编的《中国古代经济思想名著选》也相继出版。它是一部有关中国古代经济思想著作的精选本，所选著作在学术思想和文辞方面都力求精审。在这段时间，赵先生以舒畅的心情，带领一批有志于斯的青年学者，在中国经济思想史领域，兢兢业业，取得了丰硕的成果，有"一发而不可收拾"之势。1986年，他出版了《中国古代经济思想史讲话》，与胡寄窗的《中国经济思想史》和陈绍闻、叶世昌的《中国经济思想简史》一起，形成三足鼎立之势，成为三种在观点、风格、论述方法和体系结构方面各有特色，却都是贯穿整个古代的著作。同年，赵先生又发表了一部研究中国经济管理思想史的理论著作《中国古代经济管理思想概论》。1988年，又发表了由他主编的《中国近代民族实业家的经营管理思想》，引起了国内外学术界的关注。从此，在中国经济思想历史遗产的研究中，一个新的学术园地开始蓬勃成长，一个新的学科正在形成；在这个过程中，赵先生无疑起了极大的推动作用。

另外，赵先生的一批论文也纷纷发表。1982年，《中国近代振兴实业思想的总结》（载《经济研究》）获北京大学科研一等奖。在此前后，又相继发表《中国近代经济管理思想的珍品》（载《经济研究》，1986）、《重视中国经济思想史的学习研究》（载《红旗》，1985）、《孔子的管理思想和现代经营管理》(载《孔子研究》,1989),等等。共计发表学术论文70余篇,真是雄风犹在,硕果累累。

作为一个学术带头人,赵靖先生不单关注北京大学的学术进展,他的眼光,更是投射到整个中国的研究水平的提高上。1980年,包括赵先生在内的中国经济思想史研究者经过酝酿在上海成立了"中国经济思想史学会",赵靖当选为学会会长。这个学会的成立,使中国经济思想史的专业、业余工作者便于在全国范围加强联系,开展协作,互通信息,交流经验,并可代表全体会员开展同国内外其他学术团体和学术界人士的协作与交流。学会成立数年,会员规模迅速扩大。

中国经济思想史的研究已经过了筚路蓝缕、以启山林的阶段,它已奠定了自己坚实的基础,并呈现了初步繁荣的局面。在这种情势下,写出一部总结中国经济思想史研究工作所走过的道路、反映这门学科新的时代水平的《中国经济思想通史》,把这一历史遗产的研究推进到一个更成熟的阶段,已经成为当务之急,也是大势所趋了。自1987年开始,经过三年的筹备和紧张工作,到1989年,《中国经济思想通史》第一卷定稿,1991年出版。此书于1993年、1994年先后获得北京市及北京大学学术著作一等奖。1995

年第二卷问世,第三卷和第四卷分别于1997年、1998年出版。这四卷的内容从先秦至1840年第一次鸦片战争爆发,它无论在理论体系、研究方法方面,还是在分析主要代表人物的经济思想的实质、特点和发展脉络方面,与以往的中国古代经济思想史著作相比,都有很大的不同,反映了新的时代水平。这对整个中国经济思想界而言,都可称得上是一件值得额手称庆的盛事。这部上下纵贯数千年、卷帙浩繁、内容宏富的巨著,详叙了中国经济思想发展的脉络,深刻剖析了中国经济思想发展的历史规律,真可谓"通古今之变,成一家之言"。

## 五、人云不云·向自己开战

经过了近五十载的学术生涯,蓦然回首,赵先生看到的是一个个深深浅浅、坎坎坷坷的脚印。每一个学者的成功,无不是在深刻地剖析了前人的成败后才有所弃取、有所前进的。在长期的思考研究中,赵先生逐渐发现,中国经济思想无论在思维方法还是论述体系方面,都有与西方迥然相异之处。而许多老一辈学者显然忽视了这一点。他们在叙述经济思想史时,基本上都是采用研究西方经济思想史的现成框架,把具体的经济思想资料分门别类地纳入框架中。西方学者的经济学说史,基本上是按照商品、价值、货币、资本、利润等范畴的发展来写的,可以说是属于"商品—资本"模式的经济思想史,这是资本主义的经济关系在人们头脑中的反映。而研究中国经济思想史的学者套用这种模式,则没有考虑到中国经济的特殊发展规律和具体历史条件。赵先生是非常反对这种削足适履的研究方法的,认为这是"邯郸学步",反而"失其故行",丧失了中国经济思想的本来面目。取舍不当,牵强附会,先入为主,是他们的致命伤。在深刻地分析了中国经济和经济思想发展的独特道路之后,赵靖先生认为,封建土地所有制是中国封建经济制度的基础,地租和赋税是中国封建社会中剩余劳动分割的两种主要形式。因此,他大胆地抛弃以往学者奉为至宝的"商品—资本"模式,代之以"地产—地租赋役"的模式,从而找到了研究中国经济思想史的真正钥匙。赵靖先生指出,封建主义生产是一种以生产使用价值为经济目的、自然经济占主要地位的制度。封建地主土地所有制是中国封建经济制度的基础,地租和赋役是封建社会中剩余劳动分割的两种主要形式。在封建社会中,对任何经济问题的探讨总不免这样那样地涉及地产与地租、赋役的问题，一切经济思想的代表人物和一切有关著作、文献，都不免直接或间接地接触地产和地租、赋役问题。因此，研究中国古代经济思想史，必须抛开西方经济思想史按商品—资本各有关范畴的发展来研究的模式，建立"地产—地租赋役"的理论结构，才能正确地揭示中国古代经济思想发展变化的条件和规律。

赵先生一向主张"人云不云"，主张学术上不重复、不抄袭，要有所创新。对于中国经济思想史的分期就是一例。他一改沿用已久的传统分期法，根据中国经济思想发展的内部规律，将中国古代经济思想史分为三个时期：春秋末期（公元前六世纪至前五世纪的前二三十年）之前，是中国经济古代思想萌发的时期，基本上属于简单的或初级的经济思想；春秋末期至西汉末期（公元前六世纪至公元一世纪初）是中国古代经济思想的形成时期。春秋战国百家争鸣，著书立说，指陈时弊；儒、墨、道、法等都蔚然成家，直至西汉末期，大体上形成了较为系统的经济思想。从西汉末至1840年将近两千年的漫长时期为第三个时期，这个时期，保守的封建正统思想一直占统治地位，但历代都不乏精彩的经济思想出现。这种分法，打破了以秦为界限的分法，是合乎历史规律的。

"如果说我有什么优点的话，那就是我的思想还不算保守，而是经常更新。"先生说，"这种更新，不单是对别人的更新，还要勇于向自己开战。"随着研究的深入，他逐渐发现自己以往的学说体系中由于当时条件、环境的限制存在着种种缺陷，他大胆地抛弃了它们，从而在研究中不断发现新的领地，达到愈进愈深、愈深愈奇的境界。以往，他把中国近代经济思想史总结为三大主题：一是帝国主义的经济侵略，二是封建土地剥削制度，三是资本主义经济的发展。这个观点，至今仍为许多学者所广泛引用，而他自己却改变了。他认为中国近代经济思想史只有一个主题，那就是发展。而发展分为两部分：一是发展条件问题，鸦片战争以来中国人民反帝反封建，争取民主独立，都是争取发展条件问题；二是发展道路问题，那就是在取得独立自由之后采用什么样的道路去发展民族经济，以立于世界民族之林。总之，中国近代经济思想是发展经济学的思想。这个见解新颖独到，对于中国的现实，不乏深刻的启发意义和借鉴作用。

## 六、"马上得之"与"马上治之"——鉴往知来的启示录·莫道桑榆晚,为霞尚满天

谈到研究中国经济思想史的意义,赵先生语重心长地说:"研究历史文化遗产,并不是要在纸堆中去寻找过去的辉煌,以此自我安慰,而是要在历史这面镜子的反射中,找到对中国现代化建设有所借鉴的东西。从这方面而言,一部中国经济思想史,就是一部鉴往知来的启示录。汉初高祖刘邦自诩'马上得天下',蔑视知识和知识分子,陆贾谏曰:'马上得之,焉能马上治之?'刘邦立即省悟。从某种程度上说,我们在建国以来所走过的曲折道路,就是犯了'马上得之'又'马上治之'的错误。中国历史上揭露'官工''官商'弊病以及官僚主义对经济发展危害的许多先进思想,仍可为我们当前的经济改革工作提供有益的借鉴。近代关于独立富强的思想,振兴实业的思想,开放和经济进步关系的思想,在对外经济关系中掌握'发展之权'、不可受外国势力所控制支配的思想,等等,在当前都有重要的借鉴意义。"

曹孟德当年自言宏志,说过"烈士暮年,壮心不已"的话;年已古稀的赵先生,谈话间却引用了一句"老牛自知

夕阳晚,不待扬鞭自奋蹄",更有些时不我待、只争朝夕的味道。1993年,由肖克将军任会长的"炎黄文化研究会"主编的《中华文化通志》,开始面向国内外公开招标,这部通志共分一百志,计三千万字。其中唯独《经济学志》长期无人中标。"炎黄文化研究会"找上门来,赵先生说:"这对我是一个很大的挑战。经济学与经济思想史不同,叙述经济思想应按纵的历史顺序去讲,而叙述经济学应按横向的范畴去营造体系。这无疑打翻了我几十年来形成的思路。"但他还是接受了,中华文化百志不能无经济学志。经过一年多的勤奋工作,《经济学志》脱稿,并于1998年出版,这部在理论体系上焕然一新的著作是赵靖先生对中国经济思想史研究的又一重要贡献,包括《经济学志》在内的百卷巨著《中华文化通志》于1999年荣获第四届国家图书奖"荣誉奖"。1996年,赵靖先生又承担了中国社科基金"九五"重点规划项目——《中国经济思想通史续集》,现此书已由北京大学出版社出版。1998年,赵靖先生将《中国近代经济思想史讲话》和《中国古代经济思想史讲话》这两部书重新修订,合为《中国经济思想史述要》一书,作为"北大名家名著文丛"之一,由北大出版社出版。2000年,此书获得北京市哲学社会科学优秀成果著作一等奖。2002年,赵靖先生整理出自己几十年来发表的关于中国经济思想史的论文,编成60万字的《赵靖文集》,由北京大学出版社出版。

## 尾声:一个精神明亮的人

作为一个学者,赵靖先生80岁高龄仍旧笔耕不辍,这种孜孜不倦、勤勉刻苦的精神实在值得后辈学人效仿。"用志不分,乃凝于神",赵靖先生的全部生命和心志,都倾注在中国经济思想史研究这片园地上。现在,在赵靖先生的培育下,中国经济思想史的研究已蔚然大观。除了学术,赵靖先生所关注的,还有未来研究人才的培养。他的经济思想史课程,以内容丰富、逻辑严谨、旁征博引而著称,他对他的研究生的严格要求是出了名的。他要求研究生要有正确的指导思想和严谨学风,鼓励研究生独立思考,让他们通过撰写论文、整理史料等学术实践,训练综合分析历史材料并提出创见的能力。

他对学生的要求严格到"严酷"的程度,有时不讲情面,在同事中流传着许多这样的故事。有位经济学院的同事告诉我一则逸事。一次博士生论文答辩会上,答辩委员会的教授专家出于对那位博士生指导教师的尊重,在答辩中违心地以较为含蓄的措辞,给予该论文以较高评价。但是耿介正直的赵靖先生却只有简单的一句话:"这篇论文不能通过。"直截了当,简单明快,而又不容置疑。在场的人无不为赵先生的精神所打动。赵靖先生的严谨和坦率,不但是他学术精神的体现,也是他人格的体现。他不中庸,不乡愿,不迂回,从不隐藏自己的观点。他襟怀坦荡,诚挚待人,在对后辈严格要求的同时,也诚心地奖掖和扶植他们,毫无保留地奉献自己的研究心得。他"甘作前薪燃后薪",努力为年轻人的学术成长创造条件。

在市场大潮不断冲击学术研究领地的今天,赵靖先生在堪称冷门的中国经济思想史研究领域的坚守,实足令人景仰和赞佩;而支撑这种坚守的,该是怎样一种心灵的力量和生命的执着!他的生活简洁、简朴,甚至是简陋,可是他的精神世界是那样饱满而丰美。他器重他每日的工作,他对自己毕生从事的事业从不厌倦,直到八十高龄仍旧兴致不减。他的一生简单而朴素,像一张素洁而高雅的水墨画。他行事从容,言语温润,从不疾言厉色;他做事严谨精细,力求完美,从不潦草敷衍。我们这些在嘈杂和浮躁的现代生活中感到焦虑和慵散的人,面对赵靖先生的境界,除了"虽不能至,然心向往之"的欣羡之外,是否还应该有更多的感悟?读赵靖先生的著作,听他的言谈,我感到这个老人给我的启示,是绝不止于学术的,而是整个身心的。

赵靖先生过着深居简出的著述生活。偶尔在校园见到他,必上前与这位我所敬重的前辈聊几句天。他身材高而略显消瘦,和蔼而简净地站在那里,眼神清澈而慈爱。每次,即使是几分钟,我都有一种被他的气质照亮的感觉。我的朋友、青年作家王开岭有一篇文章,题目是《精神明亮的人》。在我的心目中,赵靖先生始终是这样一个"精神明亮的人"。

> 一九九四年初稿,二零零三年二月第二稿,
> 二零零八年五月第三稿

# 回望苍茫岁月

## ——记北京大学著名经济学家陈振汉先生

对于像我这样出生于20世纪70年代的一代人而言,倾听发生于半个世纪之前的故事,有些时候简直像天方夜谭,那种惊诧和质疑的神情暗示着我们与那个时代已经存在着多么深刻的隔膜。理性的历史考察告诉我,每个时代都有它自己的逻辑,即使在那些似乎癫狂的非理性的时代,那隐含的逻辑以及逻辑背后隐含着的命运,也多半并非离奇诡谲匪夷所思。然而我所好奇的是,一个独立思考者的精神,是如何在那种近乎窒息的时代氛围中挣扎,盘曲,妥协,隐忍,又是凭借着何种坚忍的力量,才得以在沉闷肃杀的环境里艰辛卓绝地存活，才得以积聚起存在的勇气，以遥远而执着的眼光眺望几乎难以企及的将来。在局外人，那些故事完全可以由时代来承当全部责任，而当我们把所有荒谬所有疯狂所有谎言推卸给时代之后，我们也就一劳永逸地卸掉了集体反省的精神负担；而在个中人，无论他们多么超脱，多么出世，却永远也摆脱不掉时代在他们额上烙出的印记，历史虽已消逝，往事虽已陈旧，但那些消逝的生命永远不可回复。米兰·昆德拉写过《生命中不能承受之轻》，实际上，对于经历过那个非常时代的知识者而言，既有严酷政治氛围和窒闷时代气息所裹挟的无形精神重压而构成的"生命中不可承受之重"，也有因学术生命和言说权利遭遇遏止而造成的巨大"思想空白"，这些空白，使得这些学富五车满腹经纶的思想者在回望自己的思想历程时每每产生一种几乎绝望的羞愧，这些思想上的"喑哑时光"也就理所当然地成为他们"生命中不能承受之轻"——"轻"得不敢回视。这些"轻"得几乎可以忽略不计的岁月，其中所包含的人生沧桑和时代悲喜，以及里面所浸透的尴尬与怅惘,着实是更令人回味且感喟不已的。

——作者题记

# 引 子

卷帙浩繁的《清实录》堆放在一个狭仄得只能容纳三张桌子的房间里,那些发黄的卷册,好像沙漠里已经枯死的胡杨树,上面落满尘土。显然,已经有很久,没有那些熟悉的目光和温热的手来触摸它们,它们安静地躺在那里,与抽屉里的几万张抄写工整的卡片一起,共同见证着一个时代的学术命运。

它们的主人,曾经是中国经济学历史上声名显赫的人物,这些人,曾经震动过当时的学坛,曾经少年意气、挥斥方遒。这些在二十世纪上半叶的中国经济学界领一代风骚的人物,几乎都克隆了同样的命运基因,而这种基因,并不是他们可以自由选择的。由于特殊的学术气候,当然也因着学者自身所具备的中西兼备的学术素养和特殊的学术兴趣,这些学术大师几乎不约而同地选择了经济史和经济思想史资料的选辑工作。胸前长须飘洒、丰采卓然的赵迺抟先生穷毕生心力，从历代经济史学资料中披沙淘金，以蝇头小楷撰成千万字的皇皇巨著《披沙录》；才华横溢、书画与古典诗词造诣精深的熊正文先生，从上个世纪四十年代后半期就开始整理《清实录》，对中国清代经济史研究多有贡献。本文的主人公陈振汉先生是赵迺抟先生和熊正文先生的同道者。在长期的教学和研究生涯中，陈振汉先生在中国近代经济史研究领域做了许多开创性的工作，其研究方法已经成为这个领域的典范。面对这些前辈学人的工作，对照他们严谨精微、心无旁骛的学术精神，我们在仰慕敬重的同时，也不禁生出许多自惭和叹息。遥想这些在复杂的人生境遇和多变的历史时代仍然坚守学术阵地的前辈，再打量我们这个浮躁、肤浅、粗糙、急功近利的时代，每一个以学术为终生职业的人恐怕都应该做一点反省。

陈振汉先生，这个面容温和、风神沉着，优雅之中带着文弱气质的纯粹书斋式的学者，在那样一个特殊的历史年代，经历了颇为坎坷跌宕的生活。九十二年过去了，他经历了那么漫长的人生。当银发满巅的陈振汉先生从房间里缓步踱出，开始用很低的声音向我描述往事的时候，我深切地感受到了生命的力量和历史的沉重。

# 一、"南有春晖，北有南开"：
## 白马湖边浴春晖·南开的少年意气与学术熏陶·微社

少年岁月是每个人最难忘的时光，尽管相隔久远，但印象似乎历久弥新，在记忆的底版上更显清晰。在与陈振汉先生的谈话中，他似乎并不感兴趣于自己的教书和学术生涯，而对自己的童年生活却念念不忘津津乐道。陈振汉先生1912年7月3日（农历壬子年五月十九日）生于浙江省诸暨县，故乡朴实的乡风和清丽的景物在他心中镌刻下深刻的印象。从1919年到1929年，陈振汉先生先后在诸暨（同文小学）、上虞（白马湖春晖中学附小和春晖中学）、杭州（杭州安定中学，杭州高级中学）上小学和中学，而令他最难忘怀的是在上虞白马湖边的春晖中学度过的几年时光。那时五四运动的新潮刚刚波及这个南方小城，别看春晖中学只是一所中学，却荟萃了当时国内许多知名的一流学者和教育家，他们的名字在中国学术史和教育史上都是熠熠生辉的。陈振汉先生在春晖中学有幸得到夏丏尊先生、丰子恺先生、朱自清先生、朱光潜先生等著名学者的教诲，少年时代就遇到这么多名师，就接受如此高品位的教育，这样的幸运恐怕没有多少人能够碰到。春晖中学这些名师的存在使少年学子亲切感受到新文化新思想的魅力，这对他们的学术和人生都产生了深远的影响。陈振汉先生在白马湖边度过的时光是愉快而充实的，他如饥似渴地阅读当时的新文化书籍与刊物，在思想和学业上均深有获益。在杭州高级中学，陈振汉先生遇到了他的老师罗志如先生，罗先生当时在杭高教英文（后来在北京大学经济系，陈先生与罗志如先生又成为同事，不能不说是一种缘分）。

那时的人们常说的一句话是："南有春晖，北有南开"，意思是上虞的春晖中学与天津的南开中学堪称当时中国最好的两所中学。幸运的是，陈振汉先生在这两所学校都曾接受过教育。1929年，他来到南开，17岁的少年又浸染在南开特有的严谨、开放、活跃的学校氛围中。尽管当时中国正是大革命之后兵荒马乱的时期，但是南开在其创始人、第一任校长张伯苓的领导下，引进留学归国的人才，输入新鲜的文化空气，一时成为中国北方的学术重镇。陈振汉先生在南开接受了当时最系统最优秀的经济学教育，这对于他以后的学术道路有着深远的影响，这里的学术风格和学术倾向，在他以后的学术生涯中都留下了深刻的印记。

在这六年中，对陈振汉先生影响最大的前辈有两个，一个是何廉先生，一个是方显廷先生。1926年7月，获得美国耶鲁大学博士学位的何廉受张伯苓之邀到南开大学担任经济研究所所长,被他的密友和至交方显廷称为"一个天生的领导者、设计者和组织者",但他更是西文经济学理论教学和研究中国化的先驱。何廉主持的经济研究所的研究核心是进行西方经济学教学和研究的中国化工作,这一工作在中国首开先河,它不仅树立了何廉在中国经济学界的权威地位,也使南开经济学和经济研究所享誉海内外。何廉一直认为,中国的经济研究,不仅要明了经济学原理及国外的经济组织,尤其贵在洞彻本国的经济历史,考察中国的经济实况,融会贯通,互相比较,作为发展学术、解决问题的基础。可以说,何廉先生的这些思想,对陈振汉先生产生了潜移默化的影响,他于哈佛留学归国之后在南开经济研究所工作,更是直接地感受到何廉先生的经济学研究和教育的理念。

方显廷先生是陈振汉先生十分敬重的前辈学人。方先生是耶鲁大学经济学博士,归国后于1929年1月受聘于南开大学。方显廷将其毕生精力与心血奉献给了经济学的教学与研究事业,以其卓越成就,蜚声国内外经济学界,成为我国二十世纪三四十年代与马寅初、刘大钧、何廉齐名的四大经济学家之一。对于学术问题的研究,方先生非常重视实证和实地考察,特别注重占有第一手原始资料,反对那种主观臆断的浮躁作风。方显廷先生精深的学术思想、严谨的治学态度和扎实的工作作风,是一种无声的教育,深深地影响着周围工作的同人,形成了南开经研所与众不同的研究特色和风气。陈振汉先生受方显廷先生学术思想的影响较大。他与方显廷先生一样,注重理论研究和实地考察的紧密结合,反对进行空洞的、纯粹的理论研究而不关注经济现实,更反对照搬西方经济学的已有理论来解释中国的现实。1935年,年方23岁的陈振汉先生就写出了四万字的长篇论文《浙江省之合作事业》(原载《政治经济学报》1935年,收于《陈振汉经济史学论文集》,经济科学出版社,1999年),这篇论文得到方显廷先生的指导,其中非常清晰地反映出陈振汉先生所受方显廷先生经济学思想和方法的影响,那就是注重调查研究,主张全面地占有统计材料,系统地分析统计数据,言之有据,言之成理。他在哈佛大学的博士论文《美国棉纺织工业的区位:1880—1910》中的很多资料,都是通过实地考察得来的,这不能不说是深受方显廷先生的影响。方先生对经济史的兴趣深深感染了陈振汉先生,对他以后选择经济史作为自己毕生的学术方向起过关键作用。

陈振汉先生在南开学习六年,其间在读预科时,由于家道中落,一度几乎辍学。幸而他获得"达诠奖学金"的资助,才得以在南开完成本科学业。在南开,陈振汉有幸遇到一些优秀的学友,其中就有后来成为中科院院士的郭永怀先生和胡子华(世华)先生等。这些年方弱冠的少年在一起,砥砺品格,切磋学问,非常投契。他们还自发成立了一个新颖的读书团体——"微社",经常在一起读书、谈天,互相交流学习心得和对社会的看法。现在回忆起南开的这段生活,先生仍然觉得非常开心。

可以说,在学术气氛非常浓厚的南开,年轻的陈振汉先生不但接受了最好的经济学教育,而且由于亲承何廉、方显廷等大师的教导,深受这些大师为人处事和工作风范的熏陶,为以后的经济学研究事业奠定了学术思想和学术方法的坚实基础,也养成了严谨求实、注重实地考察和实证研究的学术风格。

## 二、留学与归国：
## 哈佛大学·选择经济史·抗战之中游子归·从南开经济研究所到北大·学术生涯的丰收时期

1935年，陈振汉先生完成了南开大学的学业，开始考虑以后的求学道路。此时正好碰上清华大学招考第三届留美公费生，其中有一个经济史的学习名额，陈振汉先生就报考了经济史专业，并有幸被录取。这在陈振汉先生的学习生涯中是极有意义的一段。他于1936年赴美国，进入哈佛大学文理研究生院经济系学习，在三年多的时间里，他先后获得文学硕士、哲学博士学位，他的勤奋和聪颖可见一斑。哈佛大学是美国最古老、声誉最隆的高等学府，这里荟萃着世界最著名的教授专家，也吸引了世界上最优秀的各科人才。尤其令陈振汉先生感到有吸引力的是，哈佛大学是世界上第一个设置经济史专职教授的大学。哈佛大学早在1887年就开设了经济通史课程，1893年聘任英国艾什里为这门学科的专职教授，他是全世界第一位大学经济史学教授。哈佛大学经济系的经济学教育长期走在世界前列，为国际学术界贡献出许多成就卓越的经济学家，我国许多经济学界前辈就曾毕业于此，如北京大学经济学院已故经济学泰斗陈岱孙先生。哈佛大学学风浓郁，在经济学方面主张经济理论、经济史和统计学并重，这种学术取向对陈振汉先生的影响很大。他毕生执着的经济学研究理念，就是要在经济史研究中体现出经济学家的理论水平和理论抽象能力，反对为搜求烦琐史实而治史。他认为经济史研究应该注重历史统计资料的科学分析，主张经济史理论观点都应该有统计学的根基。在中国治经济史的经济学家中，陈振汉先生的经济理论基础、统计学基础和修养都是比较扎实厚重的，这是他学术成功的一个重要条件，这个条件，也是得自于哈佛大学的教育。

陈振汉先生在哈佛求学之时，在经济学说史上占据重要地位的经济学巨匠熊彼特正在哈佛执教，他的经济学理论和经济史理论以及研究方法对陈振汉先生产生了重要影响。1982年，陈振汉先生撰写了长篇学术评论《熊彼特与经济史学》，系统评述了熊彼特对经济史学的重要影响。陈振汉先生认为，尽管熊彼特从来没有以经济史学家著称，但是在当代著名的西方经济学家中，能够对经济理论和经济史两方面都有贡献和重大影响的，熊彼特大概是第一人。熊彼特极端强调经济史的作用，其学问视野远远超出经济学一门学科的传统范围，而是深入扩展到了历史以至哲学领域，因而他的思想学说对于许多学科特别是对于像经济史这样的边缘而又牵涉广泛的学科，有深远影响。应该说，尽管熊彼特并非陈振汉先生的直接指导老师，但是熊彼特对于经济史学地位的推崇、他的经济史学方法都对陈振汉先生产生了重要影响。陈振汉先生在其学术生涯中，一直重视经济学理论和经济史研究的结合；同时，与熊彼特的经济史学方法一样，陈先生在其经济史学研究中始终贯彻的一个方法就是综合性地研究影响经济社会发展的诸多因素，而不是仅仅局限于已有的经济学理论。

1939年11月，陈振汉先生完成了他的博士论文《美国棉纺织工业的区位：1880—1910》，其中一部分发表于美国最早和极有地位的学术刊物《经济学季刊》。陈振汉先生当时之所以选择美国经济史问题作为博士论文题目，而不是避重就轻选择自己比较熟悉的中国经济史方面的题目，是出于这样的考虑：论文的写作是对自己思维方法、资料分析方法的全面训练。因此，选择美国经济史题目，可以更多地得到美国教授们的理论指导和方法上的帮助，这对将来自己的学术发展是非常有益的。这篇长达433页的论文，其资料之丰赡严谨、分析之缜密通达、运用理论之娴熟，令人印象深刻。值得一提的是，这篇论文中的许多统计数据，都是得自于陈振汉先生对于美国南方棉纺织工业区的实地考察,因此能够对美国棉纺织工业的劳动成本、劳动生产率、工人状况、技术水平等有深切的了解。这也奠定了陈振汉先生经济史研究的一贯风格,那就是将经济理论、统计学和史实紧密结合,从而建立科学的经济史学。

1940年2月,陈振汉先生获得哈佛大学博士学位,面临着自己的职业抉择。与当时许多爱国的知识分子一样,陈振汉先生和夫人崔书香先生谢绝了朋友们的好意,抱着报效祖国的炽热愿望,毅然回到战火连天的祖国。母校南开大学经济研究所的方显廷教授热诚邀请他回母校工作,1940年4月,陈振汉先生从美国取道香港、越南,来到当时已迁重庆的南开经济研究所工作,1942年又兼任中央大学教授。抗战胜利后,1946年中央大学迁回南京,陈振汉先生北上任北京大学教授至今。1947年至1948年,陈振汉先生兼任燕京大学、南开大学教授,在南京中央研究院社会研究所兼任研究员。

陈振汉先生在中央大学的五年间为经济系开设了"西洋经济史""经济政策"、为研究院政治经济学部开设了"经济史研究"等课程。他的讲课很受欢迎,给当时的青年学生留下深刻印象。抗战后期,学生们除了深刻反省中国屡弱的原因之外，还特别关注国家的战后建设和发展。陈振汉先生为中央大学经济系开设的选修课"经济政策"，正式宣讲苏联社会主义制度下的计划经济，听课人数众多，课上常常出现热烈的讨论，这些学生中，还有来自西南联大、金陵大学和武汉大学的选课生，大家围桌而坐，讨论质疑，至今这些学生回忆起来仍觉得趣味盎然颇受教益。陈先生还在过年放假时请他的研究生到家里喝茶叙谈，亲切关怀，在轻松的氛围中促进学术问道。陈伯敏先生在回忆文章中深情地说："陈先生是一个正直的、不断追求真理和坚持真理的学者。60年前陈先生是我们的老师，为我们打开知识的大门，拓宽视野，开阔思路，选择了正确的人生道路。几十年之后，我们行路不忘引路人，仍然遵循师道前进。"从这些回忆中，我们可以感受到当年那个刚刚过而立之年、才华横溢的青年学者勤于研究、热心育人的拳拳报国之心和赤子之怀。

1941年到1948年，是陈振汉先生学术上的丰收时期，其间他除了圆满完成繁重的教学任务，还以巨大的热情和精力投入到学术研究中去，连年在国内一些重要学术刊物上发表论文，就战时经济建设、经济政策、财政问题、计划制度、区位理论等发表自己的见解。可以说，1940年代的陈振汉先生，在他风华正茂的时期，在国家处于危难和战乱的时期，以一个知识分子的良知和使命感，为国家的兴旺和经济建设倾注了自己的智慧和才能。

1946年后，陈振汉先生在北京大学讲授"比较经济制度"课程，介绍社会主义经济制度，这在当时的北京大学不能不说是一种需要很大勇气的创举。1948年北京大学纪念建校50周年的时候曾经举办了一个《社会主义及苏联文献展览》，就提到了陈振汉先生开设社会主义课程的情况。这也得益于蔡元培先生所奠定的学术自由兼容并包的校风。1948年底，北平解放的前夕，陈振汉先生同北大法学院院长周炳琳和一些进步教授相约留在北平。北平解放后，陈先生出任北大法学院中国经济史研究室主任，开始选编《清实录》《东华录》经济史资料。1950年9月至1951年8月任中共中央《毛泽东选集》英译委员会委员，参加具体翻译工作。1951年9月至1952年8月，陈振汉先生去广西参加土改。1952年院系调整，1952年至1953年，任北京大学经济系代理主任。1953年参加中国民主同盟，任民盟北京大学支部副主任委员。1955年任中国科学院《经济研究》编辑委员会委员、经济研究所兼职研究员。1955年秋，北大经济系以明清经济史为研究方向招收3名研究生，陈振汉先生任导师。在此期间，陈振汉先生倾注心力整理《清实录》，取得了初步的成果，并于1955年在《经济研究》上发表重要论文《明末清初（1620—1720年）中国的农业劳动生产率、地租和土地集中》，在国内外学术界引起较大反响，被公认为是一篇有很高学术价值的文章。这篇论文体现出陈振汉先生一贯的学术风格，即力求把经济理论、历史和统计三者结合起来，这给中国经济史的研究确实树立了一种新的风气。

正当陈先生的学术事业不断进展之时，一场"反右"运动改变了他的命运。

### 三、《意见书》风波：
### 对中国经济科学发展的建议·22年的著作空白·江西鲤鱼洲的劳动生涯·67岁重返讲台

1957年五六月间，响应党的"大鸣大放"号召，陈振汉先生几次邀集北大经济系的徐毓楠教授、罗志如教授等六人，并集会两次，座谈经济学的现状及今后发展方向问题，座谈的结果，写成《我们对于当前经济科学工作的一些意见》(以下简称《意见书》)一文。后来经济学界反右派斗争的一件大事,就是批判陈振汉等人的《意见书》。作为一种供批判用的反面材料,《经济研究》1957年第5期将这篇文章的第一稿的原稿、修正稿和第二稿同时刊出(收于《反对资产阶级社会科学复辟》第二辑,科学出版社,1958年),并同期发表了100多页的《经济学界反右派斗争专辑》。许多经济学家对陈振汉先生等的《意见书》进行了措辞激烈的批判。40年后,当陈振汉先生出版他的《社会经济史学论文集》(1999年)的时候,将《意见书》第一稿原稿、第一稿修正稿和第二稿作为附录放在书的最后,他没有将《意见书》增删一字,也没有对《意见书》发表自己的任何评价,而是以自己的静默,有意让半个世纪后的读者以自己的理性去评判。

事情过去将近50年了,今天我们重读这份带有独特意义的历史文献,不能不对陈振汉先生和其他几位教授的深刻见解和勇气表示敬意。从整体来说,这份《意见书》对我国经济科学发展状况所做的分析是客观的、中肯的,其观点的科学意义以今天的眼光来看仍然是站得住脚的,而且对今天的经济科学研究工作仍存在着重要的启发意义。《意见书》从以下方面阐述了陈振汉先生等人的主要学术观点:

第一，关于如何对待马克思主义经典著作问题。陈振汉先生认为："关于社会主义建设我们不能从马列主义经典作家的著作中找到现成的和四海皆准的规律。""我们对于马克思列宁主义的经典著作毫无疑问是应该严肃认真地学习，但其目的在于懂得经典作家的思想、观点和方法，而不是字句，掌握这些著作中的本质的东西，而不是它们的枝叶。可是现在的风气是经典著作上的一字一句都是金科玉律，只能引证训诂，逐字逐句转述背诵，甚至连手民排校的错误或翻译上的错误、佶屈聱牙的译文也神而敬之地在那里体会'精神实质'。经典作家是科学家而不是神仙……""马克思主义最本质的东西是实事求是，随着社会实践的发展而发展。泥古不化本身是违反马克思主义的。适用于一定历史时期的理论解释或理论总结，不一定适用于另一段历史时期。"

第二，《意见书》提出经济建设工作必须从实际出发，必须遵循客观经济规律，不能照搬苏联模式，不能单纯凭经验办事。《意见书》说："我们的各项具体工作，无可讳言，多半是从摸索着前进的，我们的财经政策和设施，不少是盲目地搬用苏联成例，即是碰碰试试，主观主义，盲目行事，并未遵循什么客观经济规律，也不知道有什么规律可资遵循。……我们目前的经济科学还是停滞在相当幼稚的阶段，除了教条地搬运苏联教科书的一些东西以外，就是一些现行制度的描述。因而也还不能起指导实践的作用。"

第三，关于如何对待西方资产阶级经济学的问题。《意见书》说："马克思列宁主义政治经济学的一大特色，便是批判地吸收和利用资产阶级经济学家的研究成果。……马克思和列宁以后，随着帝国主义形势的发展，资产阶级经济学也有了很大发展，其中是否还有某些地方反映了（哪怕是歪曲地反映了）现代资本主义的实际情况，可供我们批判吸收和利用呢？资产阶级经济学所用的一些方法，是否也可以用来替社会主义经济学或社会主义经济建设服务呢？""我们主张：对待资产阶级经济学，应该本着知己知彼、百战百胜的精神，先彻底研究后，考虑是否可以批判地加以吸收利用的问题，而不是预先存着一无可取的想法，对之采取一棍子打死的态度。"

第四，为使经济建设工作取得更好的成绩，业务部门要吸收经济学工作者参加讨论，在方针政策的制定上要广开言路，多走群众路线。《意见书》说："一个经济科学工作者的最大骄傲就是他的工作成果能够成为正确经济政策的依据，能够有利于国家的经济建设。"但是业务部门中普遍存在着对于经济科学的轻视态度,对此,《意见书》认为:"假使业务部门能够主动地从本身工作中提出一些有关方针政策的理论原则问题,交给经济科学工作者去研究,或者在方针政策的决定和实施之前征询他们的意见,让他们参与讨论,也就是在方针政策上广开言路,多走群众路线,相信能够把经济科学工作和实际结合,从而发挥科学工作者的积极性,促使这一科学的健康发展和繁荣昌盛。"

第五,经济学工作者本身应当努力联系实际,但如果不让经济学工作者得到必要的研究资料,经济学家们就难以进行科学研究。因此,应当为经济学工作者的研究提供资料方面的条件。《意见书》针对这种情况写道:"资料供应问题也是影响经济科学进展的重要因素。……我们认为重要的调查报告固然应该发表,大量的和继续的经济资料,如生产统计、物价指数、生活费指数以及对外贸易统计等等也应定期公开发表。"

第六,《意见书》还提出改革我国政治经济学课程的体例、内容和方法,不能再简单因袭《资本论》的体例,指出造成政治经济学教学中因循守旧现象的最主要原因,"是对马克思主义经典著作采取经院式的态度"。《意见书》还说:"在高等学校里面,政治经济学课程的教学和政治经济学的研究工作，还视为党内或少数党外积极分子的禁脔。一般党外经济科学工作者无从插足，仍只能以经济思想史、经济史或资本主义国家的经济等的博古通今工作作为安身立命之所……"

陈振汉等人的《意见书》遭到了猛烈的批判，《经济研究》组织当时的一些著名经济学者对陈振汉的"反动"思想予以揭露。今天，半个世纪过去了，当我阅读陈振汉先生为主执笔的《意见书》以及当时的大量批判文章的时候，我的心里交错着感佩与震惊、疑惑与无奈的复杂情绪。在将近半个世纪后，我们对《意见书》中的诸多真知灼见有了更清楚的认识，其中有关改革政治经济学教学体系、政府制定经济政策时征询经济学工作者意见的制度、定期公布经济建设资料以供经济学工作者研究和评判、重视西方经济学成果的研究并进行批判吸收、对苏联模式的弊端的深刻反思等观点，在今天看来仍有现实意义；同时，我们对于陈振汉先生的学识和胆识也有了更深刻的认识。年青一代经济科学工作者，如果阅读一下当时的《经济研究》和《反对资产阶级社会科学复辟》中的文章，一定会对中国经济学发展的曲折历程有更深刻的理解。

1957年的《意见书》改变了陈振汉先生的命运。为这几千言的建言,他付出了沉重的代价。他被划为资产阶级"极右"分子,降职降薪,强迫劳动。在漫长的日子里,陈振汉先生被剥夺了著作和讲课的权利,被安排在北京大学经济系的资料室做翻译和资料整理工作,定期向党组织书面汇报思想,接受群众监督。然而就是在那样的学术环境和巨大的政治压力下,陈振汉先生仍然做了许多力所能及的工作,他同他已经毕业的学生厉以宁一起,做了大量英文资料的翻译和整理工作。厉以宁先生现在已经是闻名学术界的经济学家,与陈振汉先生同在经济系资料室工作、经常可以与这位学问渊博的长者问学切磋,无疑是青年厉以宁的幸运,对他的学术成长起了非常重要的作用。厉以宁也是陈振汉先生非常喜爱的学生,在那些岑寂暗淡的岁月里,与自己心爱的学生的宝贵沟通,成为这位饱受批判的经济学家内心里最温暖的慰藉之一。

"文革"开始后,陈振汉先生先后被下放到北京大学的"专政队""劳改大院"去从事沉重的体力劳动,而在劳动中,他与北大的泥瓦工结下了深厚的友谊,至今还保持着密切的联系。后来,他又到江西南昌县鲤鱼洲农场劳动改造,读过杨绛《干校六记》的读者可以想象当时的知识分子劳动改造生活。直到1979年,陈振汉先生才被摘掉"右派分子"

帽子，重新回到教学与科研岗位。

22年过去了。陈振汉先生已经67岁。

22年的著作空白，22年被剥夺讲课的权利，对一个矢志于学术创造的经济学工作者意味着什么？一个经济学家生命中最富有创造能力、精力最充沛、最有可能在学术研究中作出贡献的22年，就这样从生命中溜走了。当崔书香先生在聊天中调侃陈振汉先生"检讨等身"的时候，我感到一种生命的悲凉。

我又想起"千古文章未尽才"这句老话。如果没有经历这场风波，如果有一个安定正常的学术研究生活，陈振汉先生会有怎样的学术成绩？

历史是不能假定的。这不是陈振汉先生一个人的命运，而是一个时代的命运。幸运的是，历史的这一页永远地翻过去了。

## 四、最后的学术：
## 《清实录》·经济史方法论·老年著述

陈振汉先生是一个沉静而豁达的人。在那些晦暗的令人窒息的日子里,他不能不同所有同样命运的学者一样,心里怀着深沉的忧愤与不平;但他的理性与沉静的性格,使他更能平和地看待历史,看待命运。在恢复工作(陈先生称之为"重新回到人民教师队伍")之后,他尽管已近古稀,但还是以"只争朝夕"的精神开始了他钟爱的教学和科研工作。他招收了中国经济史、外国经济史两个专业的硕士研究生,开设了经济史学概论、经济史名著选读、中外经济史专题、高级统计学等课程。1981年至1982年,陈振汉先生应聘至德意志联邦共和国西柏林自由大学东亚研究所任客座教授,讲授中国近代经济史。1982年回国,被授予全国第一批中国经济史专业博士生指导教师资格。他继续着明清经济史的研究和史料整理工作。1989年,他和几位同事整理的《清实录经济史资料》第一辑《农业编》由北京大学出版社出版,并在《北京大学学报》(1985年第六期)上发表长篇论文《〈清实录〉的经济史料价值》,对这部卷帙浩繁的清代史料丛刊进行介绍和整体评价。

从1979年开始,在沉寂了20多年之后,陈振汉先生陆续发表了大量的著作和论文。1999年,他的《社会经济史学论文集》由经济科学出版社出版。这部论文集所收录的论文,最早的一篇写于1933年,最近的一篇《经济增长与社会史研究》写于1998年,其间跨度达65年,其著述时间之长,学术生命力之旺盛,令人惊叹;2003年,笔者又协助陈先生将1980年代的讲稿《经济史学概论》进行整理,2005年交北京大学出版社出版。一位九旬老人,一位勤奋而忠实的著述者,还在努力着笔耕,努力着把自己的思想和学识传递给后来者。

在晚年的著述中,陈振汉先生尤其重视经济史方法论的阐发,这些观点在中国经济史研究领域的学者中引起较大反响。陈振汉先生认为:"经济史是经济科学的一个分支,但它是跨学科的,是介于历史学与经济学之间的学科,可以说它的本质或主体是历史。……经济史要称得起是科学,那就不只是描述具体的事实,更重要的是要说明为什么会出现这些事实,要解释其中的关系,从而使人们获得经验教训……经济史的研究不能述而不作。……我们不能没有自己对于历史事件的看法,不能没有史论。"他还强调经济史学研究中的数量概念和计量方法的应用,重视经济史学中的比较研究。他认为"经济史不止是一门知识性学科,它同时还是一种方法论,一种研究经济问题的工具",这种观点与熊彼特和罗宾逊夫人的观点是一脉相承的。针对中国经济史研究的特殊性,陈振汉先生主张中国经济史研究者应该与社会史学家密切合作,他认为,"中国是一个有悠久历史和复杂社会文化传统的东方国家,社会发展形态与西方截然不同。……从中国历史特点考虑,广泛意义的社会学,而不是新古典或新制度经济学是我们今后应更加注意的理论和方法"。在为厉以宁先生所著《体制·目标·人——经济学面临的挑战》一书写的长篇序言中,陈振汉先生系统表述了自己对于经济学研究的看法。他认为,经济学是人文科学,它应当把研究人与人之间的关系,研究人们的经济行为及其后果放在主要位置上。他写道:"的确,经济学是人文科学,而不是自然科学。经济学不能回避人与人之间的关系,不能回避人们的经济行为及其后果。……只有把经济学作为人文科学来进行研究的经济学家,才能真正发现经济活动中的带有规律性的现象,才能比较深入地说明经济过程中的因果关系。"这些观点,对我们的中国经济史研究至今也有指导意义。

## 尾声:学术·生命·爱

从1933年首次发表学术论文到今天,陈振汉先生的著述生涯已经有70年；从1940年归国任教于南开大学和1946年任教于北大，陈振汉先生的执鞭教授生涯也有半个世纪之久。在这漫长的著述和教学生涯中，陈振汉先生一直秉持着一个正直、诚实、勤劳的知识者的信念，为国家的学术发展和育人事业而劳动着。他是一个不倦的劳作者，即使在风雨如晦的岁月里，他也从不怨天尤人。

在漫长的人生道路中，陈振汉先生身边一直伴随着一个忠诚而博学、坚毅而温柔的伴侣，那就是我国知名学者、国民经济核算体系专家和统计学家崔书香教授。他们在南开大学时就是同窗，后又于1936年同赴美国留学（崔书香先生在威斯康辛大学，次年转入哈佛大学），1940年后又共同归国任教。在陈振汉先生22年的"右派"生涯中，崔书香先生一直以巨大的信任和坚韧的隐忍，在生活中给予陈振汉先生极大的扶持和慰藉。他们已经共同走过了近70年的人生旅途，当我看着90岁的崔书香先生扶携着92岁的陈振汉先生走进客厅的时候，我在心里涌起一种深深的感动和祝福。

在生命里，最强大、最恒久的力量，是爱。

二零零四年一月二十八日

附：呈陈振汉崔书香先生长联（二零零四年秋撰）

衣振白马湖边。遥想弦诵南开，负笈哈佛，伉俪比双翼，可羡少年英气凌霄汉；

梦断鲤鱼洲头。漫忆执鞭山城，诲人燕园，书生存本色，堪慰桑榆茶香望期颐。

# 遥远的绝响

## ——怀念北京大学著名经济地理学家陆卓明先生

在北大二教那间简陋得有些破败的大教室里,满满一教室年轻的学生,一位老教授正在授课。听他慷慨激昂的语气,那种言辞间流露出的激情,你很难相信这是一位年近七旬的老人。老人操着标准的北京话,字正腔圆,音韵铿锵,听来很是让人舒服。

这位老人正在上的课程是世界经济地理。他的课总是被安排在晚上。每次上课,这位老人总是腋下夹着两张硕大的世界地图,步履有些蹒跚地走上讲台,随即把地图挂在黑板的上方。课开始了。老先生的课总是讲得那么激情四射,搞得学生们也是激情澎湃。在讲世界经济地理的时候,他往往纵横捭阖,指点江山,纵论世界大势。老人家最擅长评论国内时政。他对时事的评论,是那样直率而尖锐,很多观点都是我们闻所未闻的。

作为一个刚刚进入北大不久的年轻人,我第一次隐约读到了一个真正的知识分子、一个真正的读书人的内心世界。我也第一次被一个学者的言谈所深深吸引。虽然那个时候我很幼稚,可是对于这位老先生,我却似乎有一种特殊的情感。至今,很多本科时候教过我们的先生,我都忘记了,可是这位老者在我的心目中却刻下了深刻的烙印。

每次这位老先生的课结束后,我都会悄悄跟在他身后,默默走很长一段路,看着他有些佝偻的背影,看着他腋下夹着的大大的地图。浓重的夜色里,他蹒跚的步履显得有些沉重。我现在非常后悔,为什么不上前去帮助老先生抱一抱地图,为什么不跟老先生攀谈一番?

这位老先生就是我国著名的经济地理学家陆卓明先生(1924—1994)。可是我再也没有机会亲近这位长者了。就在为我们授课后不到两年,先生因病逝世。先生逝世后,我参加了他的葬礼。在葬礼上,我没有听到那种悲哀低回的哀乐,我耳朵里回响的,响彻告别大厅的,是一种迥然不同的音乐,我不记得那是一支什么曲子,可是那种昂扬的、灿烂的、激越的音调,却分明显示出一个高贵的心灵对生命的最高礼赞。这是陆卓明先生临终前亲自挑选的曲子,他不喜欢在亲友们面前奏哀乐,他要让亲友们在为他送行的最后一刻感受到生命的庄严、神圣与激情。

陆卓明先生1924年出生于一个知识分子家庭,从小受到了非常好的中西文化教育。他的父亲,是著名的心理学家、语言学家、诗人和教育家陆志韦先生(1894—1970)。陆志韦先生曾应司徒雷登先生之请,长期担任燕京大学校长,对燕京大学的发展起到很大的作用。陆志韦先生也是一位爱国知识分子。1941年12月,日寇占领燕京大学,并宣布燕京大学解散,同时逮捕一大批爱国知识分子,其中包括陆志韦、张东荪、赵紫宸、洪煨莲、邓之诚、侯仁之等著名学者。陆志韦先生和这些著名爱国知识分子一起,在狱中饱受折磨,但仍旧坚贞不屈。日寇逼迫陆志韦先生写悔过书,可是陆志韦先生只写了四个字:"无过可悔",在大是大非面前,保持了民族气节,显示了中国读书人的风骨。

那个时候,陆卓明先生刚刚考入燕京大学,也参加了很多学生抗日活动。1941年,陆卓明先生也曾被日寇逮捕。陆志韦先生以及其他前辈身上体现出来的高风亮节,对年轻的陆卓明先生影响甚大。他的爱国情怀一生不衰,他直言敢为的性格,也是一生未曾改变。

1948年,陆卓明先生毕业于燕京大学经济系,毕业后留校任教。1952年之后,陆卓明先生长期在北京大学从事世界经济地理学的教学和研究工作。可以说,在经济地理学这个领域,陆卓明先生是最早的奠基者和开拓者之一。从1950年代初开始,陆卓明先生开始教授经济地理和区域地理等课程,并逐渐在教学过程中对西方的传统经济地理理论产生了很多疑问,进而开始了全新的学术探索。但是在很长一段时期,由于国内学术氛围不尽如人意,他的论著很少。这一方面诚然可以归结为历史原因,但也有主观原因。这个主观原因就是,他尽管认为自己的理论是一种有价值的科学创新,但是作为一个科学工作者,他总是认为自己的理论需要更多的事实和统计数据证明才能成为定论。1981年以后,当他的学术生活完全恢复正常之后,他先后在《北大学报》《开发研究》等学术刊物上发表《当代世界政治经济地理结构》《现代生产力地理分布的规律与我国生产力布局的原则》《〈资本论〉中的区位论思想》《综合经济区划与地理空间观》等多篇重要的学术论文,对他的理论进行了初步的阐述。1989年至1991年,陆卓明先生赴美国做访问学者,其间,通过搜集大量统计材料,他进一步验证了自己的理论,并于1991年着手撰写他的论著《世界经济地理结构》。

1991年到1994年这几年中,陆卓明先生为写作这部书可谓焚膏继晷、兀兀穷年。他废寝忘食地写作,而在写作之间,他还要承担沉重的教学任务。就在他为我们充满激情地授课的时候,我们不知道,他的生命将要走到尽头。可以说,这部著作,是陆卓明先生毕生学术成果和科学探索的结晶和集大成之作。可是,这又是一部未完成之作。就像一首交响乐的最后一个乐章还没有写完,伟大的作曲家已经倒在他的工作台上。读着这本书的最后一页,看着没有写完的最后一章,人们不禁唏嘘。一代学人,带着遗憾告别了他的学术事业。

在为这部著作写的序言中,陈岱孙先生(1900—1997)沉痛地写道:"陆卓明教授的遗著,《世界经济地理结构》一书终于付梓了。不幸的是,在这本书定稿即将完成之时,陆教授因病逝世,不得目睹其出版了。本书不日的出版,在学术界,是值得欢迎的事情,却也增加了陆教授友生们对他的深切怀念。"对于陆卓明先生的学术成就,陈岱孙先生给予高度评价:"本书不但建立了一系统的崭新的世界经济地理结构的理论,并且以之密切联系我国的实际,对如何看待我国当前的生产力的分布提供了一全新的见解,对建国以来生产力的实践做了回顾与总结,对有关的重大、具体问题,如三个经济地带的划分,对外开放的阵地,欧亚大陆桥的建立,上海的重要地位等等,都提出了自己独立的意见。"

事后看来,我们不能不佩服陆卓明先生的远见卓识,因为他所谈到的观点,都在以后的国家建设中有所印证和体现,他的意见,大都具有前瞻性。1985年,陆卓明先生在多个场合发表过对于西北开发的意见,认为西北是"开发障区",如果在开发过程中不注重环境保护,将带来毁灭性的后果。对于这些问题,他总是直言不讳,坦率发表自己的意见,拳拳报国之心与耿介的书生风骨洋溢于言辞间。从1984年一直到逝世,陆卓明先生一直担任北京市海淀区政协副主席,积极为国家建设建言献策。

老先生性格开朗,喜欢与人交谈,有些北大经济学院的教职工至今还能回忆起与陆卓明先生交谈的情景。臧否人物,他有些口无遮拦,可是这正是他的可爱处。他是西方古典音乐的爱好者和鉴赏家,谙熟西方音乐作品,造诣颇深。我听北大经济学院刘伟院长讲过一件事,可以说明陆先生对西方音乐的熟悉。1978年,刘伟老师与同窗好友欲参加一个知识竞赛(这是当时非常流行的一种百科知识普及活动），在所有题目之中，唯有一道题目难以索解，也没有人可问。这是一段乐谱，要答出这段音乐是哪个作家的哪部作品的哪个乐章。风闻陆先生在音乐鉴赏方面的深厚造诣，他们就到陆先生府上登门求教。陆先生看了乐谱，哼了一下，随即说出了作家与作品的名字。很多年之后，刘伟老师还记得这个场景，并在我们面前极力赞佩陆先生的音乐修养。

陆卓明先生逝世已经近十五年了。在这十五年中，我给很多朋友和学生讲过这位可爱的老人，讲他的直言，讲他的风趣，讲他的风度与风骨。现在经济学院的师生，知道陆卓明先生的人不多了，逐渐地，他或许将湮没在历史中。可是我相信他的灵魂是不朽的。在我眼前，他似乎永远迈着有些蹒跚的步子，在浓重的夜色中，腋下夹着重重的地图，走在回家的路上。他的身后，还响着他所钟爱的激昂的音乐。

陆卓明先生逝世之后，在经济学院，十五年间，再也没有人开设"世界经济地理"这门课。就像他临终所奏放的音乐一样，陆先生以及他的经济地理学，都成为了遥远的绝响。

二零零八年七月七日夜

附一：陆卓明教授生平与学术简介

陆卓明先生（1924-1994），北京大学经济学院教授，我国著名的世界经济地理学家和教育家。

陆卓明先生祖籍浙江，1924年9月生于南京。1927年随父亲陆志韦先生（曾任燕京大学校长，是我国著名心理学家、语言学家和教育家）迁至北平。1930年在燕京大学附属小学读书，1937年抗战爆发，入燕京大学附属中学。

1941年燕京大学沦陷，支持燕京大学学生抗日运动的陆志韦校长被日军逮捕，陆卓明先生一家由燕园迁至成府槐树街四号。1941年陆卓明先生转至辅仁中学。1942年夏，陆卓明先生由于参加抗日活动而被日军逮捕，不久获释。

1944年陆卓明先生入辅仁大学经济系读书，1946年转至燕京大学经济系，1948年获得燕京大学经济学学士学位。毕业后，陆卓明先生留校任经济系助教。

1949年中华人民共和国成立后，任燕京大学经济系讲授政治经济学的赵靖教授的助教。1952年院系调整，燕京大学并入北京大学，陆卓明先生仍任北京大学经济系助教。1954年陆卓明先生转入北京大学地质地理系，先后任助教和讲师，直至1978年重新回到北京大学经济系世界经济专业，先后任讲师、副教授和教授，开设"世界经济地理""中国经济地理""日本地理""南亚地理""苏联地理""拉丁美洲地理"等，1992年退休后仍开设"世界经济地理"课程，直至1993年12月。

从1952年院系调整之后，陆卓明先生即开始从事经济地理学的研究，尤其致力于世界经济地理的研究。从1950年代到1960年代，陆卓明先生开始初步尝试建立自己的经济地理学体系，参与翻译外国经济地理文献上百万字，1970年代陆续由商务印书馆等机构出版发行。在这个时期，陆卓明先生对苏联的经济地理理论体系进行了较为深入的研究，1956年至1958年他在北京师范大学参加经济地理研修班，对苏联专家讲述的苏联经济地理理论有不同的看法，因而更加深了对经济地理理论的探索。1956年，陆卓明先生赴南方（江苏、江西等省）考察实习两个月，实地研究当地经济地理状况。

1969年至1971年，陆卓明先生被安排到江西鲤鱼洲劳动，初期进行重体力劳动，后由于严重心脏病转而管理工具房。1971年回到北大后继续从事体力劳动。

1978年改革开放之后，陆卓明先生的人生和学术迎来了新的春天，尤其在整个1980年代，他频繁地在一些重要学术刊物上刊发有关经济地理的学术论文，系统阐述他提出的经济地理结构理论,在经济地理学界引起极大关注。这个时期,他在《当代世界政治经济地理结构》(《北京大学学报》1981年第4期)、《经济地理结构和地区经济优势》(《经济科学》1982年第3期)、《现代生产力地理分布的规律与我国生产力布局的原则》(《北京大学学报》1985年第3期)、《对外开放、地理位置、三角洲》(《经济科学》1985年第4期)、《综合经济区划与地理空间观》(《北京大学学报》1986年第6期)、《经济地理阐述体系的改造》(《经济科学》1987年第1期)、《地理空时系统的认识与控制》(《北京大学学报》1988年第1期)等论文中,不仅全面而深刻地阐述了经济地理结构理论的基本思想和分析体系,而且运用自己的理论对中国的生产力布局和经济区划进行了深入探讨,对我国经济发展中的生产力布局实践提出了很多极有价值且极具前瞻性的观点。在西部大开发、浦东经济区等问题上,陆卓明都直言不讳地大胆提出自己的观点,同时结合自己的实地调查对我国的区域经济规划提出中肯的政策建议。陆卓明先生极为关注中国海洋资源的研究,1980年他参加由外交部组织的海底资源问题调研,1983年他在《海洋问题研究》杂志发表《世界政治经济地理结构中的海洋》一文,1984年,陆卓明先生参加中国海洋问题研究会年会，就我国特区和开放城市的地理位置及规划问题提出了系统性的政策建议。1986年7至8月陆卓明先生应秦皇岛市政府的邀请，对秦皇岛市未来发展规划与经济区位设计进行论证，其政策建议后被国务院所采纳。陆卓明先生在经济地理领域的学术研究和经济地理规划实践，不拘泥于传统理论的成说，对欧美经济地理理论和苏联经济地理理论都有所扬弃，在学术界可谓独树一帜。在20世纪80年代中期即有一些高等学校的学生以《陆卓明的现代生产力地理分布思想》《谈谈世界政治经济地理结构学说》为题撰写毕业论文或学术论文，足见当时陆卓明先生的经济地理结构理论已经在学术界产生了较大的影响，并成为引人瞩目的理论流派。

1989年至1991年，陆卓明先生赴美国访问研究，并着手对自己的世界经济地理结构理论进行完善与论证。他在美国搜集到美国1880年至1982年工业和农业经济布局的详尽统计数据，经过系统严谨的数据处理验证了自己的世界经济地理结构理论的正确性。1991年回国之后，陆卓明先生即开始撰写一部系统阐述世界经济地理结构理论的专著，并坚持授课。他夜以继日地发奋工作，终于积劳成疾，1993年12月在讲台上病发，书稿亦未完成，于1994年4

月2日病逝。陆卓明先生病逝后,他的《世界经济地理结构》一书由他的研究生周文负责整理,于1995年正式出版,并由经济学界一代宗师陈岱孙教授作序。

陆卓明先生倾尽全副精力从事经济地理学的教育事业,他深邃的学术思想和高超的教学艺术使他的课堂成为北京大学最激动人心最具吸引力的讲坛之一。在1978年12月6日的《北京大学校刊》上,发表了对陆卓明先生的专题报道《为"四化"育新人——记经济系讲师陆卓明》,对这位54岁的老讲师的治学严谨、忘我奉献的精神给予褒扬。历届学生对陆卓明先生的渊博学识和高尚品格均怀着深深的尊敬,1991年岁末,北京大学经济学院1990级国际金融专业学生给陆卓明先生的新年贺卡上写道:"有幸聆听您的教诲,深感您有睿智的头脑、渊博的知识和善良正直而平和的赤子之心。那是我们敬仰而钦服的一种人格。请接受我们最诚挚的祝福和尊敬。"这段文字是对作为教育家的陆卓明先生的最高认可与称颂。陆卓明先生在课堂上不仅把经济地理学的精髓以非常生动的方式传达给学生,还通过课堂展示一位知识分子对国家对民族的社会责任感与历史使命感,使学生在学问和人格境界上都得到提升。1980年代初期,陆卓明先生曾以《科学与祖国》为题,为北京大学全体新生演讲，以激发北大学生以学术报效祖国的爱国情操。陆卓明先生生前长期担任北京市海淀区政协副主席，他敢于直言，积极为国家发展建言献策。

陆卓明先生学养丰赡，爱好广泛，对西方古典音乐有着非常深入的研究和非凡的鉴赏眼光。他青年时代曾受过系统的钢琴演奏训练，会作曲，酷爱收藏西方古典音乐唱片，家中至今仍保存着数百套音乐磁带和原版光盘。他曾亲自撰写音乐鉴赏文章，编制西方200年以来音乐家和作品年表，系统介绍西方古典音乐和现代音乐，还尝试谱写过一些儿童歌曲，并曾应北京广播电台之约，录制过音乐访谈节目。学术研究和音乐成为支撑陆卓明先生精神世界的两个重要支柱。陆卓明先生在军事学领域也有独到而深入的研究，撰写了有关军事理论和军事史方面的论文。1980年代中期他曾应中国军事科学院的邀请，参加有关军事战略方面的学术研讨会。

作为世界经济地理结构理论的主要创建者，陆卓明先生在经济地理学领域的学术贡献已经得到学界的普遍承认；作为一个有着特出人格魅力、风骨高洁、情操高尚的知识分子和教育家，陆卓明先生对北大学子的精神世界产生了深远的影响，必将赢得他们永久的尊敬与怀念。

2010年12月12日，由陆卓明先生的历届学生发起，在北京大学经济学院举行"陆卓明先生纪念会暨系列著作出版发布会"，以寄托学生们对这位一生尽瘁学术倾心教育的老师的由衷追思。

附二：《陆卓明先生经济地理学论文集》编者前言

本书收入陆卓明教授在经济地理学领域的代表性学术论文17篇（其中英文论文1篇）以及军事地理学和军事史领域的学术论文2篇。在17篇经济地理学论文中，《六个趋势的集中处理》（1986年7月为参加秦皇岛市2000年经济技术社会发展战略研讨会而提交的书面报告）、《现代生产力的分布规律与经济管理的地域体制》（1983年10月为参加国家经济体制改革委员会主办的会议而提交的论文）以及The form of the distribution of modern production forces英文论文（1991年3月在美国克拉克大学进行学术访问期间提交给福特基金会的报告）未公开发表，此次根据手稿或铅印稿排印，除此之外其他15篇学术论文均已在《北京大学学报》《经济科学》《人文杂志》《经济参考报》《海洋问题研究》等杂志或者公开出版的会议论文集中发表。

最早的一篇经济地理学文章发表于1981年,最迟的一篇则发表于1992年,这10年是陆卓明教授从事学术研究并公开发表学术成果的黄金时期。两篇关于军事研究的文章均未公开发表,其中《老沙皇三路南侵》一文完成于1978年1月,当时陆卓明教授尚在北京大学地质地理系经济地理教研室外国地理组工作,这篇论文根据铅印稿排印,是陆卓明教授早期在地理学、军事学和历史学等多学科交叉领域所取得的学术成果的代表作品;另外一篇《战略阵势》根据陆卓明教授的手写稿排印,是陆卓明教授军事地理学的代表作品,实际上亦涉及军事学、地理学、经济学、政治学、历史学等诸多学科,足见陆先生在跨学科研究中广博开阔的学术视野和纵横捭阖游刃有余的学术风范。陆卓明教授生前抄录的《战略阵势》一文有两个版本,根据编者与陆卓明教授亲属的辨认,采用了目前这个版本,至于这个版本是否是最佳版本,则无法再经陆先生过目确认了。《老沙皇三路南侵》一文中原有9张陆卓明教授手绘的地图,编者只找到5张,其余4张只好付之阙如。从这些精美繁复、几近于艺术品的手绘地图上,读者可体味出陆卓明教授谨严求精、力臻完美的学术精神。

附三：《燕园风骨——陆卓明先生纪念文集》编者前言

2009年深秋，在北京大学经济学院世界经济专业（国际经济系的前身）成立五十周年的庆典上，与会校友共同倡议捐资为陆卓明教授出版著作与纪念文集。我们随即在网上向校友们发出了稿约，获得各届校友和陆卓明教授生前友好的热烈回应。经过一年多的编辑整理，这本汇聚了大家心血与情感的纪念文集终于付梓。

纪念文集中收录的文章，大部分是北京大学70年代后期至90年代校友的怀念文字，这些校友来自经济与法律各系，除此之外还有国防大学、北京师范大学的朋友。更难得的是，纪念文集还收录了陆卓明教授的生前好友林叔平、胡亚东等前辈的纪念文字。这些文字从不同的侧面展现了陆卓明教授的学问与人格风范。本书编者及陆卓明教授亲属对本书收录文章所涉及的史实进行了订正与核对。

纪念文集的附录部分是陆卓明教授生前所写回忆录《未名湖——回忆燕园内外》的一部分。陆卓明教授1994年患病期间，燕京大学1945-51年级校友纪念刊编委会曾经整理过部分回忆录，以"忆燕园、忆先父"为题发表过一部分，后收入由"《燕京大学校长陆志韦》编写组"编写的《燕京大学校长陆志韦》一书（2005年12月30日内部发行）。

此次将该文收入本文集,本书编者与陆卓明教授亲属参酌陆老师回忆录对该文进行了较大的增删,特此说明。

(王曙光撰)

# 石品清奇师恩长

## ——怀念北京大学著名经济思想史家石世奇先生

石世奇先生是我入学时候的北京大学经济学院院长。1990年,我考入北大经济学院国际金融专业。录取之后,就来到石家庄陆军学院报到,从此开始一年的军政训练。那时候,北大文科全部在石家庄陆军学院军训,理科则在信阳陆军学院。石家庄陆军学院位于河北省获鹿县(这里的"获"字应念作"怀")。一年时间,这些刚刚走出中学校门的北大新生在军校摸爬滚打,进行十分严格而单一的训练。我们都盼望见到北大的教授。在我们心目中,"北大教授"这几个字显得很神秘,我们不知道大学教授应该是什么样子。石世奇先生当时任经济学院院长,他要到石家庄陆军学院来看望我们。一听到这个消息,我们着实很激动。石先生将是我见到的第一个北大教授。我们24中队所有的军训生，都端坐在四楼大教室里，等候石先生到来。石先生进屋，相貌清瘦，身材修长，颇有仙风道骨，把全场都镇了。一落座，慢声细气，娓娓道来，令我们陶醉其中，如听仙乐。

石先生在给我们讲话时，说了一个笑话。他说："北大旧名京师大学堂，大学堂的学生都是有官衔的，上体育课的时候，教员对学生发令，要呼'大人'。比如：'大人，请向左转！''大人，请开步走！'"讲到这个地方，我们皆大笑，这个笑声在军校一年的课堂里简直是绝无仅有的，旁边的军校教官脸色甚为复杂。这个故事，被90级同学传到现在，每次聚会则津津乐道之。在1990年那样的氛围里，我们能听到这样的话，无疑如饮琼浆。年龄小的学弟们，你们恐不能体会也。现在想来，以石先生严正寡言、惜字如金的风格，是绝不会不分场合乱讲笑话的，他讲的话，一定是有用意的，一定是经过深思熟虑的。一个小小的笑话，里面包含的是对在陆军学院军训的北大学子的一片温暖呵护之情。第一次见石先生，给我留下了终生难忘的印象。

石先生相貌奇古，风骨卓绝，颇具魏晋格调。举手投足、言谈话语之间，处处有古人之风。和蔼，但有威严，使人不敢放肆；柔中有刚，沉静简约。在他面前，你才可以体会"师道尊严"这四个字的意义。

假如有一百人在会场上，你肯定会第一个注意到石先生。不苟言笑，正襟危坐，道骨傲岸，卓尔不群，眉目间洋溢出一种清高淡远气息；最有士人风范，最有学者风度，最有读书人的一种潇散奇古之气。这样的人，我没有见到第二个。在《世说新语》里面恐怕不少。我经常想，魏晋的那些名士，也许就是这样的吧。在北大与石先生认识，实在是一幸也。

1994年秋天，我在读大四的时候，迷恋中国经济思想领域的研究，读到赵靖先生和石世奇先生的书，就想去拜望这两位先生。于是我这个懵懵懂懂的家伙，就找到石先生家的地址，连电话也没有打（压根儿没有提前预约的意识），就径直过去找先生。可是到了又胆怯，在先生门前徘徊许久，不敢进。最后终于鼓起勇气，敲门进去。先生对我这个冒失鬼并不介意，把我让进书房，跟我闲聊天。在石先生书房中喝茶谈学问，是我大学期间最值得纪念的事之一，对我终生都有影响。我永远记得那个温暖的夜晚。

那天，谈到兴致浓处，石先生知道我喜欢操刀篆刻，竟然把他年轻时候的篆刻作品给我看，我在赏鉴之余，大为赞叹！石先生的文史修养，同辈人无有匹敌也。后来我才知道，石世奇先生在改革开放初期即参加燕园书画协会，这是一个北大教授们的书画交流组织，石先生是协会早期重要成员之一。石先生与燕园书画协会的李志敏先生、陈玉龙先生、罗荣渠先生、杨辛先生等书法大家均有很多交往，家里还藏有罗荣渠先生（北大历史系）、杨辛先生（北大哲学系）、熊正文先生（北大经济系）、闵庆全先生（北大光华管理学院）等名家墨宝。在先生的书房，四壁间皆悬挂高雅字画，简朴的房间里洋溢着一股优雅清幽的情趣。

石先生爱好篆刻，虽然轻易不肯奏刀，但从他为数不多的早年作品中，就可看出他极深的功力。他刻的印章，刀法简洁、干净，毫无拖泥带水、矫揉造作之气，字体清秀、典雅，布局疏朗大方，颇具书卷气息，取法汉印，风格高古。1995年我们在编辑《北大校刊》之"北大经济学院建院10周年专刊"时，曾特意登载了石先生刻的"无限风光在险峰""风景这边独好"两方印。

2003年4月，"非典"流行期间，北大都停课了，我待在畅春园的寓所里无所事事，特别想去看望石先生。当时想起旧事，写了一首小诗曰《感旧呈石世奇师》：

获鹿营中初侍坐，辞气敦雅如霁月。
燕园聆教慕风骨，秋水文章意卓绝。
清标潇散遗晋风，容止奇古神磊落。
回首少年志疏狂，辗转阶前不敢谒。
师门开启延后生，清茗飘渺熏秋夜。
犹忆灯下赏细篆，春风如沐寸心折。
襟怀坦廓励晚学，十年感戴肠内热。
何当秋浅月凉时，煮酒陶然金石乐。

拿着写好的诗，我又去敲石先生家的门。距离我们初次见面已有近十年了。与先生闲聊，先生兴致很高，而他的记忆力之强也令我惊叹！石先生竟然记得我们十年前的谈话，对我说："我记得你的篆刻是宗赵之谦的。"听完这句话，我大惊，且大感动，想哭！石先生对我这个无名小子，对相隔久远的一次谈话，竟然记得如此之清楚，现在的老师，有谁能做得到这样的境界？要知道，在这近十年中间，我几乎没有跟先生单独交流过！他对晚学的鼓励奖掖之情令我终生感怀。这就是"老师"。这样的人才配得上叫作"老师"。比起先生来，我常常感觉惭愧。

石先生上课语气和缓，沉静温润，如春风化雨。听他讲课，你才可以理解什么叫"如坐春风"。他经常在课上对20多岁的学生说："某某同志，你说说你的意见。"他总是说"同志"，从不称"同学"，无论学生多么年幼。同学或许以为石先生守旧古板，我却觉得"同志"的称呼异常郑重庄严。被一个德高望重的先生引以为"同志"，难道不是一件极为荣幸的事吗？

近十年来，石先生身体欠佳，一直在家，不太出门，可谓深居简出。他不能吹风，不能感冒，一吹风就后果严重。这几年我去看他的次数就多了些，几乎每年的春节或者教师节都去拜望。2009年9月，我和丹莉看他，他气色很好。丹莉和我各以新著呈先生，石先生十分开心，连连说："好极了，好极了。"那天访问时间很短，我们都怕累着石先生，在先生家里只待了半小时，我们就起身告辞。谈话间先生显得很愉快，说话底气也很足。他把近期在北大出版社出的《中国经济思想史教程》赠我们。师母还为我们照相。师母也是北大毕业。没有想到，石先生在下午就把照片发给我们。在邮件中，石先生写道："曙光、丹莉：发去照片两张，留个纪念。专颂研祺。石世奇。"这就是先生为人处事的风格。一丝不苟，简洁专注，对学生充满感情，在看似简单的字句后面，蕴含着他巨大的爱。

尽管身体虚弱，可是2009年胡代光先生（北大经济系改为经济学院之后的第一任院长）90大寿，石先生接到胡代光先生家人的电话邀请，他当即说："为胡先生祝寿，我爬也要爬过去。"他果然践诺，穿着整洁的深色西装，系着颜色鲜亮的领带，一丝不苟，神色庄重。主持人刘文忻教授请他讲话，他摆摆手，一言不发，端坐听大家的谈话。我知道，对于石先生这样一个一年只下楼几次的病人来说，来参加祝寿会的辛苦可想而知。他念旧谊，重情义，不言之中饱含着对同事的感情。

我回想起2005年5月25日，经济学院庆祝建院20周年。石先生作为第二任院长，对经济学院的学科建设和人才培养作出重大贡献。那天，他扶病前往，也是深色的西装，也是鲜亮的领带，同样一丝不苟，神色庄重。他端坐主席台，主持人孙祁祥教授请他发言，他摆手，仍旧是一言未发。我在下面，看到石先生端坐在那里，不禁眼湿。

2011年9月11日，我和丹莉，冯杨和周呈奇博士夫妇，颜敏博士等到石先生家看望。这些受教于石先生的年轻人都对他有很深的感情。石先生看到大家很高兴，拿出他收藏的很多印章以及他自己的印章给大家看。当我摩挲把玩先生上个世纪六十年代所刻的一方双面印时，石先生说：

"曙光，这个印送给你吧。"我真是受宠若惊！这方双面印，当属先生作品中之精品！此印一面刻"百舸争流"，一面刻"江山如画"，均有汉印风范，笔画劲健从容，刀法谨严且富书卷气息。先生将此印赠我，可见对我的厚爱！他还兴致勃勃地讲到他收藏清代蔡嘉的画，罗荣渠（著名历史学家，我国现代化理论的奠基人之一）先生曾观之，极赞其画功。罗荣渠先生曾经赠石世奇先生一副对联："读史早知今日事，看花犹忆去年人。"那天，石先生叫师母把我曾写给他的对联拿出来给大家看。那是我2010年写给先生的一副联，里面嵌了先生的名字："石间流水，奇士能赏；世外桃源，隐者可居。"石先生在我心目中就是一个奇士，可是他虽深居简出，却并不是一个单纯的"隐者"，他对于弟子们都非常关心，也极为关心学院的发展。我将新著《金融伦理学》呈先生教正，他翻看着，连连称赞："看来是你独创的学科，了不起啊。"对我鼓励有加。这天，石先生甚为虚弱，一直在吸氧；早上知道我们要来，先生先咳净了痰，与我们谈话时底气尚佳，他说见到我们来感到有些兴奋。他拿出他的每日药单，药物多达二三十种。我们虽然谈笑风生，我的内心里却在难过，看到老师虚弱的样子，很心疼。师母也很虚弱，临别时，我与她拥抱，说："师母多保重"，我看到她的泪水在眼眶里打转。这是我最后一次见到师母，不久之后，师母和石先生就双双住院了。

2011年10月2日下午我去西苑医院高干病房看望石先生。他住在一个两人病房，很狭小，正在吸氧看电视，精神尚好。因为我正在整理与经院院史有关的材料，他特别关心经院（系）100周年庆典的筹备工作，跟我谈起陈岱孙、熊正文等先生的旧事。他说1960年代初期他曾与陈岱孙先生及厉以宁先生同开"古代汉语"课程，选《孟子》《史记·货殖列传序》《盐铁论》等有关古代经济思想的文章来教学生。他的病床边放着《宋诗一百首》，是60年代的旧版，书页已经有些泛黄，石先生在王安石歌颂变法的诗的空白处还加了批注，可见石先生在病中还看这些书解闷儿。石先生也说到师母的病情，师母患肿瘤已经很长时间。

此后我就再也没有见到石先生，只是通过龙桂鲁兄（石先生的女婿）时时打听先生的病情。2月1日，龙桂鲁兄通过我给院里发来一封石先生的信，在这封信中，石世奇先生谈到1977年以来主持北大经济系工作的五点体会，信中说：

> 一、和为贵。解决"文革"中两派的问题以及历次政治运动形成的矛盾。二、百家争鸣。即

现在常常讲的"兼容并包"的北大传统。1979年以来忽反左忽反右,同志们难免把这位称作老左、那位称为老右。我们认为除个别人反对改革开放外,个别人有意见也是对改革开放持不同看法,应该包容。三、宽口径、厚基础。就是希望学生学得深一些、广一些,以适应以后工作的需要。为此删去一些课程,增加一些课程,以适应不同口径的工作。四、理论联系实际。主要是当前的中外现实,有条件鼓励师生去调查研究。五、党政关系好。当时"政"由陈岱老、胡代光老师负责,他们是我的老师,但对我非常尊重,我对他们敬重信任。教学工作会上决定后,他们放手让我去执行。教学上进步,主要是他们做的。丁国香作为主管党务工作的副书记,几乎包了党务工作的全部,还有其他一些同志如系办公室主任董文俊等,对我的工作有帮助,使我能继续上课做些研究工作。我感谢这些同志。以上在1993年我卸任院长时讲过,主要是1977年至1984年任总支书记时做的事情,这次增加了内容,以纪念北京大学经济学科创立110年以及北京大学经济学院（系）100周年。祝北大经济学院越办越好，人才济济，成为全世界最好的经济学院。石世奇（80岁）于病榻上。

2012年2月1日

这篇提纲性的文章，是石世奇先生在身体极为虚弱的情况下于北大医院病榻上写就的，虽然简短，却浸透了先生对北大经济学院的深厚感情。其中总结了"文革"以后石世奇先生主持北大经济系工作的若干重要经验，这些经验对于北大经济学院今天的发展而言都是非常宝贵的。"文革"之后百废待兴，石先生在那样复杂的局势下，顾全大局，以博大的胸襟团结不同派别，以高超的领导艺术化解各种矛盾，使北大经济系这艘大船没有偏离正确的方向，为北大经济学院之后的发展奠定了基础。1988年至1993年，石先生又担任了5年的院长职务，对经济学院的学科建设和人才培养作出了诸多贡献。石先生生前在病情极为危重的情况下还念念不忘经济学院的发展，其人格境界令晚辈钦佩，其中所饱含的深厚情感令人感动！

2012年二三月间，我正忙于编辑《北京大学经济学院(系)百年图史》,龙桂鲁兄发来石世奇先生亲自挑选的若干珍贵照片,这些照片我都选入了《百年图史》一书中。在编辑《百年华章——北京大学经济学院(系)一百周年纪念文集》时,我收入了石世奇先生2005年写成的一篇回忆文章《两进北大经济系》以及他在1995年为庆贺经院建院10周年而写的文章《兴旺发达 方兴未艾》,还特意为这两篇文章配了很多插图。我心里想着,等5月份《百年图史》《百年华章》两本书出版之后,我就给先生送去,让他老人家高兴高兴,以此来庆祝他的80大寿!可是,就在我们紧锣密鼓筹备百年庆典的时候,2012年4月6日上午11时,石先生永远离开了我们,距离我们举办百年庆典只差50天!他刚刚满80周岁,可是我们这些弟子们却再也没有机会为先生举办一场祝寿会了。我在当天的日记中写道:

> 顷闻吾师石世奇先生逝世,不胜悲痛!余自一九九四年得识先生,十八年来常得先生教诲,虽未入门,然得益于先生甚多。师之教恩没齿不忘。师品格清奇,有古人之风范。即之也温,不怒而威,温文尔雅,气度从容,而自有尊严,望之令人肃然起敬。先生于名利处之淡然,廉洁奉

公，律己甚严，主持北大经济系数载，上下皆称道。处事贵公，做人谨饬，如松如柏，亦庄亦穆，有蔼然长者之风。其于学术数十年孜孜以求，奖掖后学，不慕虚名，惜墨如金，凡所著述皆经得起推敲。今先生仙逝，学界少一敦厚长者，吾失一至尊师长矣。

2012年4月10日，在阴沉的天气里，数百弟子与同事为石先生送行。我写了一副挽联以悼念先生：

> 石品清奇，德炳士林，一代师表恩泽厚；
> 道骨傲岸，学究天人，三千桃李怀思长。

这一天，久旱不雨的北京城竟然下起了小雨。

2012年6月15日于经院

附：石世奇教授生平与学术简介

石世奇，祖籍浙江绍兴，1932年4月1日出生于天津。

1938年秋至1947年，在天津慈惠小学、初中读书，1947年至1950年在天津南开中学读高中。1950年进入北京大学经济系学习，1951年4月因公调出，至1956年9月，分别在中共北京市委研究室、北京市委第二办公室工作（其间1955年9月至1956年2月在中共北京市委党校学习）。1956年9月至1960年7月，在北京大学经济系读书，毕业后留校工作。曾任北京大学经济系党总支书记，经济系副主任，北京大学经济学院副院长、院长，并兼任中国经济思想史学会理事、秘书长、代会长，中国企业管理协会古代管理思想研究会理事等职。1983年5月晋升为副教授，1989年5月晋升为教授，2000年5月退休，2012年4月6日11时26分在北京逝世，享年80岁。

在中学时期，石世奇教授就显现出对历史的极大兴趣与深刻思考。他一生专注于中国经济思想史的研究与教学，造诣高深，成就卓著。1960年代他参加了《中国近代经济思想史》（上中下三册，中华书局1964—1966年出版）的编写工作。改革开放以来，石世奇教授潜心研究，在《北京大学学报》《经济科学》《江淮论坛》等杂志发表了多篇学术论文，出版著作多部。学术论文主要有：《论司马迁的经济思想》《论荀子的经济思想》《管子轻重思想浅论》《中国古代治生之学的黄金时代》《重视中国经济思想史的学习和研究》《中国古代经济思想在当今市场经济中的作用》等。作为主要成员主持和参与编写的著作主要有:《中国经济思想通史》(获北京大学第一届学术成果一等奖)、《中国近代经济思想史》(获1987年北京市哲学社会科学和政策研究成果一等奖、国家教委1988年高等学校优秀教材奖)、《中国近代经济思想史资料选辑》(上中下三册)。

# 谦尊而光

## ——怀念北京大学经济学院胡代光教授

### （一）侍坐

我在本科时没有听到胡代光先生的课。1995年至1998年读研究生的时候，胡代光先生给我们讲授《外国经济思想史》课程，才使我有机会领略先生授课的风采。他操着一口纯正的四川方言，讲起课来声若洪钟，语速很慢，语调抑扬顿挫，四川口音的那种音乐性，那种富于节奏感的韵味，使我在听《外国经济思想史》这门课程的时候总是饶有兴味。但是由于胡先生的口音很重，当时又是七十六岁的高龄，所以很多同学听起课来可谓相当吃力。有时候，胡先生讲到兴致高处，竟独自哈哈大笑，同学们却因听不懂四川话，如坠云雾，愕然相向，不知所云。有一次胡先生讲到"经济学说史上的六次革命"，可是我们却听成了"经济学说史上的六次改名"，不明就里，全体发蒙。后来听来听去，知道先生说的乃是斯密革命、边际主义革命、凯恩斯革命、货币学派革命、斯拉法革命、理性预期革命，才明了先生说的乃是"ge ming"，而非"gai ming"也。还有一次，先生讲到英国经济学家斯拉法（P. Sraffa，1898—1983）时，突然眼睛放光，提高嗓门，说："剑桥大学的斯拉法，用三十年写的《用商品生产商品》，不到一百页，真是惜墨如金呀！"说完便大笑，并环顾大家。同学们不太清楚什么是"细米玉金"，也不清楚什么是"一杯耶"，急忙互相询问。但是我们听不懂，并不削减先生的兴致，先生上课总是坐着，着西装，精神饱满，充满感情，所以听他讲凯恩斯、斯拉法、琼·罗宾逊夫人，好像听他讲家人的故事，很生动，很亲切，可见先生是真爱学问、爱讲课的，而不似那些"背讲义派教授"的佶屈聱牙，令学生反感。

在听先生授课、侍坐讲堂的过程中，我也感到先生博学深思的大家风范，感受到先生宅心仁厚、宽宏大度的为人风格。1998年我留校服务后，接触先生更多一些，对先生的学问人品更加敬仰。

## (二)旧 学

听先生讲话,看先生文章,偶尔读到先生作的旧体诗,感受到先生的旧学功底很深。先生的国学造诣,是有童子功的。他于五四运动次日出生于一个书香世家,祖父长期以开私塾为业,父亲是光绪朝的秀才,诗词歌赋无所不通,精于古代文献,且谙医道。胡代光先生从小由母亲开蒙,七岁从父亲学习唐诗,读四书五经。直到十二岁才进现代小学读书。父亲为胡代光先生打下了很好的国学基础,并教他作旧体诗。

胡先生的旧体诗写得不多,但功底深、诗味浓。比如1945年先生离开故乡经成都赴重庆中央大学研究院法科研究所读研究生,曾写了一首略带感伤又意味深远的诗:

> 人生漂泊欲何之,
> 世事艰难不用疑。
> 未必读书长误我,
> 个中真味几人知。

1983年胡代光先生参加武汉大学七十周年校庆(先生

1944年本科毕业于武大经济系,该校抗战期间迁乐山),写了一首七律:

> 嘉川负笈四零年,
> 往事萦怀经历艰。
> 抗战方兴激敌忾,
> 弦歌迅转继薪传。
> 大成殿侧聆师教,
> 巨佛江边会友谈。
> 若问如今学致用,
> 难忘饮水要思源。

诗写得工稳,诗风厚重典雅,真是诗如其人。先生曾说他曾梦想成为一个诗人,没想到成了一个经济学家。

## (三)谦 尊

先生的为人风格,可以概括为敦厚、谦逊、宏阔、坚忍。他待人诚挚,性格温厚。胡先生的学生很多,亲炙于胡先生门下的硕士与博士数以百计,弟子们都深深感到胡先生是一个忠厚长者,在他面前,学生们感到很温暖,如沐春风。但是胡先生又很持重,不轻浮,使弟子们在他面前既放松,又始终保持着一颗敬畏之心。《论语》中说"君子不重则不威,学则不固",胡先生的厚重,带着大家气象,能不怒而威。

胡先生很谦逊,从来没有看到他"春风得意""趾高气扬"的样子,他总是极低调、极敦厚、极儒雅地出现在大家面前。到晚年,他满头白发,头发一丝不苟,面色红润,可谓鹤发童颜。他一出现,我的内心就感到极其安定,极其充盈,可是先生始终是那么宁静谦逊!胡先生号"谦尊",这个号是胡先生的父亲根据《周易》中谦卦的爻辞"谦尊而光"而起的。这四个字是多么适合形容胡代光先生!他确实是"谦尊而光"——他极其谦下,然而又那么有尊严,浑身上下充盈着一种敦穆廓大的光辉!

胡先生一面是谦逊,但在另一面,他又是一个气魄极大、胸怀极大的人,是有大家襟怀的人。这是胡先生能够继陈岱孙先生之后执掌北大经济系,开一代新风的原因。先生性格上的包容大度,对于1984年他筹建北大第一个学院——经济学院,起到关键性的作用。1985年5月25日,北大经济学院正式成立，胡代光先生成为第一任院长。应该说，胡代光先生继陈岱孙先生这位经济学界一代宗师执掌北大经济学系（院），是有极大挑战和压力的。陈岱孙先生名满天下，担任北大经济系主任一职长达30年，影响极其深远。胡代光先生1984年初继任北大经济系主任，担起了继往开来的历史重任。1980年代的北大经济学系（院），开时代风气之先，在西方经济学的引进、中国经济改革的研究方面，走在全国的最前列。这一时期，从1984年至1988年，可以说是一个激情澎湃、高歌猛进的时代，北大经济学系（院）得到长足的发展，这与胡代光先生包容开阔的人格风范与学术精神是不可分的。当时北大经济学院设经济学系、经济管理系、国际经济系三系，经济学系的萧灼基先生、刘方棫先生、陈德华先生，经济管理系的厉以宁先生，国际经济系的洪君彦先生，都是海内外知名的学者。胡代光先生很好地团结凝聚起这批大学者，提出了理论经济学与应用经济学并重、社会主义经济理论与西方经济学齐驱并驾的办学方针。这个方针的提出，既是北大经院这个中国最早建立的经济学教育基地适应时代要求与时俱进的表现，也是中国面临深刻经济社会转型时期对于经济学教育变革内在呼求的表现。胡代光先生要求研究生阶段必须开设"社会主义经济理论与实践""《资本论》专题研究""西方中级微观经济学""西方中级宏观经济学"四门课，中西并重，引起很多大学效仿。这个时期胡代光先生与比他小十几岁的厉以宁先生合作了很多书，如《当代资产阶级经济学主要流派》《当代西方经济学说》等，都获得很大好评，影响了一代人。胡先生作为第一任院长，继往开来，兼容并包，在那个意气风发的年代开创了北大经济学院新的辉煌，居功至伟，值得永久铭记。

胡先生性格中还有坚忍的一面。他虽然出身书香门第，但年轻时即参加抗日救亡运动，怀抱爱国激情，同学们赞他有"拯救饥溺之心，兼善天下之慨"。到了中央大学就读研究生时期，胡先生经历了极艰难困苦的生活，甚至到了衣食不继、靠典当度日的地步，也曾为筹措学费而不惜借高利贷，但他都以坚忍的精神熬过这段苦难生活。新中国成立初期，胡代光先生也同全国学人一样，曾经意气风发地拥抱新时代，学习苏联教学体系，努力改造自己，追求做新人。1966年"文革"爆发，胡代光先生竟被打成北大经济系第二号"走资派"，在精神和肉体上都遭受了极大的折磨。他被迫参加数不清的批斗会，低头、弯腰、挂黑牌、"坐飞机"，受尽凌辱，内心极端痛苦。当时不断传来一些学者自杀的噩耗,但是胡代光先生告诫自己:"绝不能自杀。""事物变化总有一个结局,我就是要看看这场闹剧究竟如何收场!"幸好胡先生以坚忍的精神熬过了那个"非常年代",从那个噩梦般的岁月中走出来,否则我们这些晚辈就见识不到大师的风范了!

1980年代胡先生在教学体系上大力引进西方经济学,引起国内很多人的非议和责难,但是胡先生以他坚忍刚毅的性格,顶住了压力,独持己见,从容应对,不改初衷,让我们看到了先生硬气的一面,内心刚强的一面。

## (四)乐寿

2009年4月22日,在北大勺园召开胡代光教授从教62周年暨90华诞庆祝大会,会议由刘文忻教授主持,张国有副校长讲话,我奉命代拟讲话稿。厉以宁先生生动地回忆起与胡先生一起在六十年代劳动改造和被批斗的情景。张友仁先生、范家骧先生、雎国余先生、王志伟先生、程郁缀先生等分别致辞。瘦弱的石世奇先生抱病前来,说:"为胡先生祝寿,我爬也要爬过来。"(很遗憾的是,第一任院长胡代光先生和第二任院长石世奇先生都在2012年经院百年院庆之际先后逝世)。胡先生在九十华诞祝寿会那天身穿深色西装,系着很喜庆的领带,神采奕奕,光彩焕发,那种雍容儒雅的风范令人神往。胡先生在答辞中谈到长寿之道,说"助人乃快乐之本",而"快乐乃长寿之本""得天下英才而教育之,一乐也"。我当时应王志伟教授之命,为胡代光先生撰写了一副寿联:

三千桃李颂嘏寿;
九十春秋著华章。

在弟子们为胡代光先生举办的祝寿午宴上,萧琛、平新乔、何小锋、朱善利、王志伟、林君秀、袁东明等人表达了对老师的深情祝愿。胡先生在致谢时讲了很长一段话,回忆起1947年中央大学毕业后到湖南大学任教、1949年10月服务于第二野战军西南服务团、1953年到北大任教的漫长人生。他说:"从前旧社会认为当教书匠没出息,可是我却觉得很好。尤其是改革开放以来,看到同志们在国家建设中起到先锋作用,感到高兴,体会到'得天下英才而教育之,一乐也'。我在精神上感到很饱满,有人问我长寿之道，我认为很简单，主要是精神好，精神很重要。我的养生经验是'全心全意为人民服务'，不要光想自己（讲到此处，在场胡先生的弟子们都笑了）。同志们对我的感情，让我很安慰，感谢大家。"致辞毕，胡先生向弟子们深鞠了一躬。

## （五）告别

2012年初，为筹办经院百年院庆，我打电话给师母，希望能得到胡代光先生的题词，并想就经院1985年5月建院的细节求教于先生。很遗憾的是，当时胡代光先生健康状况已很差，神志也不太清楚，已经不可能接受访问。我再也见不到三年前光彩焕发的胡先生了，为此我感到深深的遗憾与难过。想起2005年北大经院建院二十周年庆典，胡先生怀抱鲜花，被弟子们簇拥着，那种师生其乐融融的情景，令人怀恋，又令人伤感！

2012年12月22日零时，胡代光先生溘然长逝，享年94虚岁。次日我含泪写了一副挽联，哀悼胡先生，由李广乾师兄带给胡先生家人，后悬于胡先生灵堂两侧：

一代宗匠,文章传世足称不朽;

九秩光华,杏坛布道堪慰平生。

2012年12月26日,弟子们为胡先生送行。朱善璐、刘伟、吴志攀、林毅夫及经院师生二百余人在凛凛寒风中为胡先生送行。

胡代光先生走了,北大经济学院以史论见长的时代也悄然落幕。在北大经济系历史上,从外国经济学说领域而言,胡先生之前,有樊弘、赵迺搏、陈岱孙、罗志如、陈振汉诸先生,他们对北大经济学院(系)以史论见长的学术传统的形成起到巨大作用;胡先生之后,则有范家骧、厉以宁、晏智杰诸先生,他们在上世纪八九十年代活跃于北大经济学系的讲坛,辛勤布道,刻苦著书,共同创造了一个意气风发的辉煌年代。在八九十年代一个很长的时间里,胡代光先生是北大经济系的掌舵人和精神支柱。胡先生在统计学、计量经济学、外国经济学说史等领域的全面学术积累与深厚造诣,也使他有资格担当这一重任。他在北大经济学院学科建设方面所做的创造性工作,至今仍恩泽后人。他对于西方经济学以及中国市场经济发展的很多真知灼见,如今读来仍有巨大启发意义。

宗师远去,风范长存,北大经济系将永远铭记"谦尊而光"的胡代光先生。

2014年12月16日于北大经济学院